ことりの古民家ごはん
小さな島のはじっこでお店をはじめました

如月つばさ Tsubasa Kisaragi

ALPHAPOLIS WEB CITY SINCE 2000

アルファポリス文庫

https://www.alphapolis.co.jp/

プロローグ

「できたっ」

折り紙で作ったピンク色のチューリップを、蛍光灯《けいこうとう》の光にかざした。茎と花の境目には、赤いラッピングリボンを蝶々結《ちょうちょうむす》びにしたものを付けた。

「可愛い」

嬉しくなって、絨毯《じゅうたん》に伸ばした両足をばたつかせる。先に書いておいた手紙と一緒に封筒に入れて部屋を出た。

風呂場の脱衣所には、もう少しで帰ってくる父のために、新しい着替えとバスタオルが用意してあった。リビングの扉を開けると、私が食べた夕飯と同じハンバーグの匂いがした。帰ってすぐに食べる父の食事が、テーブルの上に並べられている。

「ママ」

ベランダの窓の向こうを見つめたまま、気付いてくれない。立ち尽くした母の虚《うつ》ろな目は、眼下の夜景ではなく、どこか遠くを見ているようだった。

「ねぇママ」

穿《は》き古した部屋着のズボンを少し引っ張ると、母は驚いた顔で私を見下ろした。

「ごめんね、気が付かなかった。どうしたの？」

私の目線に合わせるようにしゃがんだ母に、「じゃーん」と背中に隠していた手紙を見せた。

「ママ。お誕生日おめでとう」

「これ……ママにくれるの？」

「そうだよ。お誕生日プレゼントなの」

するとどういうわけか、母の目に涙がじわりと浮かび上がった。ごめんね、と恥ずかしそうに笑いながらトレーナーの袖口《そでぐち》で目元を拭《ぬぐ》い、赤切れが目立つかさついた指で封筒を開けた。

「上手。このチューリップ可愛い。蝶々結びも自分で作ったの？」

私が力強く頷《うなず》くと、「とっても綺麗《きれい》にできてる」と何度もやり直して端《はし》がほつれたリボンを指で撫でる。

「えへへ。手紙も見て」

早く、と急《せ》かすようにその場で足踏みをした。母は膝にチューリップをのせ、手紙を取り出す。母の瞳が左から右へと行ったり来たりした。頑張って綺麗な字で書いたつもりだけど、読みにくかっただろうか。

ようやく顔を上げた母の手が私を抱き寄せた。耳に押し付けられた温かい胸の中から、心臓の音が聞こえる。

「ありがとう。ありがとう、ことり」

そう言うと母は「手、見せて」と開いた私の手のひらに自分のそれを重ねた。母の手は薄くて細長い。

「ことりの手はこんなに小さいのね」

「だってまだ四歳だもん」

負けたような悔しい気分になって、片方の頬《ほお》を膨《ふく》らませた。そんな私を見て、母の口元が緩む。

「ふふっ、そうよね。こんなに小さいのに、ママを笑顔にさせてくれる、優しい手。いろんな幸せを作れる手……」

そう言うと、まるで痛みに耐えるかのように眉をひそめる。さっきとは違う、悲しそうな涙が母の頬をこぼれ落ちた。

「どうしたの？　ママの手も優しいでしょ」

母の頬を伝う涙を親指で拭ってみた。だが、すぐに次の涙が落ちてきてしまう。

「ううん。なんでもないの。ことり、もう一回、ぎゅーしようか」

「うんっ」

飛び込んだ母の胸は、お日さまみたいな匂いがする。

「ことり、大好きよ」

「ことりもだよ」

安心するぬくもりに頬を擦りつけていると、玄関の鍵を開ける無機質な音がして、母の心臓の音が大きくなるのがわかった。

父の影が扉の向こうに近付いてくる。

咄嗟《とっさ》に私から体を離して立ち上がった母の膝から、封筒が滑り落ちた。

第一話　ことりと豆苗《とうみょう》

「ってなわけだからさ。来月ね、そっち戻るから。予定は一日。よろしくね」

「ただの腰痛でわざわざ来なくてもいいのに。仕事だって辞める必要ないじゃない」

「違う違う、その仕事先が三月末で閉店なの。どのみち暇《ひま》になるから大丈夫」

「あら、そうなの？　せっかくいい職場だったのに……。とりあえず、帰ってくる日は港まで迎えに行くね」

「ちょっと、腰痛持ちが迎えになんて来ないでよ。余計心配になるでしょ。それにもう二十六だよ。アラサーの娘なんだから心配しすぎ」

「……まぁ、じゃあ考えとく」

明らかに納得していないのが丸わかりの母の声に笑いを堪《こら》えながら電話を切った。

1Kの六畳間に幅《はば》を利《き》かせている布団を畳《たた》んで部屋の隅《すみ》に追いやり、代わりに一人用の丸テーブルを慎重に引っ張る。水を張ったプラスチック皿に豆苗の根が浸《つ》かっているのだ。昨夜、卵と一緒に炒めて食べたばかり。まだつんつんと刈り立ての芝生状態だけど。

豆苗が再生できるということは知っていたが、実際にやったことはなかった。スーパーで八十円で売られていた豆苗。今まで動物はもちろん、植物も含め、命あるものは育てないと決めてきた私が豆苗を育てている。

こんな気が起こるのも、きっとあの男のせい。

肩にかかる黒髪を一つに結び、カーキ色の合皮のトートバッグにスマホを突っ込んだ。白からアイボリーへと変色したスニーカーを履《は》き、ドアチェーンをそっと外す。

築四十数年のアパートの、重く軋《きし》む扉を押し開けた。

三月に入り、通勤途中の景色も淡い桜色に染まり、過ごしやすくなってきた——というのも「一般的には」の話だ。

蝶も小躍《こおど》りしたくなるような麗《うら》らかな陽気も、狭く風通しの悪い弁当屋の厨房にガスコンロが合わさると、あっという間に灼熱《しゃくねつ》地獄となる。一応エアコンは点《つ》いているが、全開の店頭から仕切り一つしかないこの厨房はなかなか冷えない。

絶えずカタカタと異音を立てる扇風機のおかげで、ぎりぎり立っていられる状況だ。

「ことり、唐揚げ弁当、二十七個だって」

「えっ、今から？　あっつ――」

コロッケをフライヤーに入れた拍子に右手の甲に油が跳ね、小さく悲鳴を上げた。咄嗟に水で冷やす。じんじんとした痛みが引くより先に、きつね色に揚がったコロッケを引き上げた。幸い、同僚の水島隼人《みずしまはやと》は気付いていないらしい。窓際の棚に子機を戻し、「三時から花見なんだって」と弁当を袋に詰めてお客さんに手渡した。

隼人がこの店に面接に来たのは二年前。店主自身が高齢で店に立つのも厳しくなり、一日も早く働き手が欲しいということで即日採用した。

男性が大の苦手な私を自己紹介直後から呼び捨てにするし、私が「水島君」と呼ぶのを「きもい」と一蹴した。構わず水島君と呼んでも、そのたびに「隼人」と指摘する強引な人間。それが水島隼人という男だ。

そんな隼人は働き始めたばかりの頃、何もかもがぎこちなかった。言葉遣いや態度を無理して矯正《きょうせい》している最中だったようだ。「っす」と言いかけては、慌てて「です」と言い換える。ときにはお客さん相手に苛々《いらいら》している様子も見て取れたが、それでも本人なりに心を落ち着けようとしていた。鼻息荒くゆっくり肩を上下させる姿を何度も見た。

それがいつしか苛々する回数も減っていき、彼の短所を長所が大きく上回る状態となったのだ。今となっては私より高いコミュニケーション能力を活かして、注文を受けるのはもっぱら隼人。私は常に厨房で調理担当となっている。

ビジネス街の公園にあるこの店は四十年続く老舗《しにせ》弁当屋だ。開店と閉店のときくらいにしか顔を出さない店主——ミツさんという高齢女性が営む、見た目も古く、お世辞にも綺麗とは言えない店。そんな洒落《しゃれ》っ気《け》もない店に私と同年代、まして年下の店員なんて来ないだろうと踏んでいたのに、隼人は二十三歳だった。神様はなんて意地悪なんだろう。試練を課す人間を随分と偏らせてはいないだろうかと腹も立つ。

まぁ、そんな関係ももう少しで終わりなのだけれど。

「二十一番さん……秋山さん、どうぞ」

「はいはい、ありがとうね。ことりちゃん、厨房暑いでしょ、大丈夫？」

製薬会社に勤める秋山さんが、カウンター越しに厨房を覗《のぞ》き込んだ。円形の地肌を軽く覆う程度の薄毛頭が、レジ横からひょっこり見える。

「大丈夫ですよ。ありがとうございます」

まだ少しひりつく手で菜箸《さいばし》を持ち、油の海で泳ぐ大量の唐揚げと対峙する。首に巻いたタオルが噴き出る汗を吸い込む。老体に鞭打《むちう》って稼働する扇風機の健気な風も、この気温では温風となってしまっていた。


客足が落ち着いた頃、「よし」と隼人が手を叩いた。二時だ。サンプルが並ぶ陳列台を白い布で覆い、カウンターに準備中の札を立てる。通常であればこれから一時間の休憩だが、唐揚げ弁当二十七個の注文を前にした私はそういうわけにはいかない。

最初の頃は大量注文もあったが、有名飲食店の進出や、会社での行事ごとを苦手とする世代が増えたのもあって、ここ三年ほどはまとまった注文はなかった。

網《あみ》の上に山積みになった唐揚げはこんがりきつね色だ。最後のグループをフライヤーからすくい上げた。

冷蔵庫から、きんぴらごぼうとたくあんを取り出す。それから玉子焼き。ポテトサラダの入ったボウルは——ぎりぎり二十七個のお弁当分はあるだろうか。でも午後からの注文を考えると、また仕込んでおかないと。

「あとは詰めるだけだろ？　俺がやるよ」

「いや、でも……」

「あ、俺にはできないって思っただろ」

隼人の眉が吊り上がる。疑うような眼差しに睨《にら》まれた。

「別に、そういうわけじゃなくて――」

隼人は、ちっちっち、と人差し指を顔の前で左右に動かし、ニヤリと口の端に笑みを浮かべた。

「ふふん、ほら見ろ」

エプロンのポケットからメモ帳を出すと、挟んでいたルーズリーフを広げた。

「これ、なんですか？」

開いた紙には、弁当八種類の絵が描かれていた。

不器用な私が密かに羨《うらや》む、隼人の特技の一つ。きちんと色鉛筆で色まで塗《ぬ》られた弁当の中身には、お惣菜の名前が記されている。その字もまた達筆。金髪で耳に穴が六つも空いている能天気男がこんな字を書くなんて、恐らく世界中、誰も思わないはず。

隼人はその紙を厨房の壁に押しピンで留めて、弁当箱を作業台に並べた。

「俺、馬鹿だからさ。効率よく厨房で動けないけど、こうやってきちんと見れば弁当を詰めるくらいはできるんだぜ」

お客さんが商品を取りに来るまで一時間。他の総菜と唐揚げを詰めるだけだ。確かに間に合う。

「本当にお願いしてもいいんですか」

「お願いって、俺もここの店員だし。水分取って休んでなって。時間余ったらポテサラ用のじゃがいも茹《ゆ》でとくわ」

「じゃあ……すみません。お願いします。何かあったら呼んでください」

「了解、任せろ。つーかなんで謝ってんの」

けらけらと笑うと「じゃ、あとでな」と手を振る。袖を捲《まく》り上げ、背を向けて菜箸を手に取った。メモを凝視《ぎょうし》しながら弁当を詰める後ろ姿。汗染みが広がるグレーのTシャツの背中の、金色の昇り龍と目が合う。もう少しでこの人ともお別れだ、と胸裏で呟いて階段を上った。


自信満々な隼人は嘘をつかなかった。十五分前には詰め終わり、お箸とおしぼりも準備し、無事にお客さんに渡すことができた。ポテトサラダ用のじゃがいもを茹でてくれていたのもあって、午後の仕込みも難なく終わり、無事に閉店時間を迎えられたのだった。

隼人が洗った雑巾を干し、私はレジに鍵をかける。店舗の奥にある住居部分からミツさんが出てきたのは、五時を少し過ぎた頃だ。

「じゃあまた明日。おつかれさま」

店を出た私に、ミツさんが声をかけてきた。

「おつかれさまでした。ありがとうございました」

「こうして話すのも、あと少しだと思うと寂しいねぇ。でも仕方ないよね。店も私も、もう年だから。引き際だもんね」

言いながら、ミツさんがシャッターに手を伸ばす。きい、がらがらと甲高い錆《さ》びた音がオフィス街に響く。半開きのシャッターの下から「またね」と恵比須顔で会釈すると、一気にシャッターを下ろした。

昭和な装いの寂れた弁当屋を覆い隠すようにそびえるビルの群れから、仕事を終えた人たちが手にしたスマホに視線を落としながら出てくる。まるでどこで曲がるか、どこに信号があるか、見なくてもわかっているかのように。視線は変わらず手元にあるのに、交差点の歩道の縁《ふち》で足を止め、青信号を知らせる音と同時に横断歩道に踏み出す。足早に駅に向かうスーツやオフィスカジュアルの服装の人々が、地下鉄へと続く階段に吸い込まれる、見慣れた風景。

――ミツさんの手は魔法の手だよな。

いつだったか隼人が言った。

――あの人の手から弁当が生まれて、何十年とお客さんに愛されてきたんだぜ。

確かにそうだ。種類様々な弁当は、数年前に亡くなった旦那さんが考えたものもあるらしい。ミツさんにとっては、夫婦の想い出の詰まった店なのだろう。

飲食店はいくらでもあるのに、ずっとこの店に通い続ける常連が多い。そして新入社員の若い人まで、この現代的な町には明らかに異質な、古く傾いた弁当屋に足を運ぶのだ。ミツさんの手が魔法の手なのは間違いない。

「そんなふうに生きられたら、人生も充実するのかな」

自分が誰かを幸せにできるなんて、到底思えないけれど。

夕照に染まるビルのガラス窓を見上げる。ここを辞めたらこの景色を見ることもできなくなるのだと思うと、少し寂しい。サドルにまたがり、ペダルに足をかけた。

「あれ？　ちょっと、何してるんですか」

「掴《つか》まえた」

いたずらっぽく笑う隼人に、自転車の後ろの荷台を掴まれていた。こういうノリが本当に苦手だ。とにかく距離が近い。そしてこの派手な外見。こういうタイプはきっと喧嘩《けんか》っ早《ぱや》くて、口が悪くて、すぐに他人を威嚇《いかく》する。どう見ても私とは生きる世界が違う人だ。怒りのスイッチがどこにあるかわからないのが怖い。出会って三秒で「苦手な人」のカテゴリに迷いなく割り振られた。まあ、一度も怒られたことはないのだけれど。

「弁当屋、今月で終わりだろ」

「そうですね」

試しにもう一度ペダルを踏み込んでみるが、タイヤはびくともしない。この男、涼しい顔で喋りながらも、荷台を掴む手にしっかりと力を入れているらしい。ため息交じりに汗でべたついたうなじを撫で上げた。結んだ髪も、なんとなく湿っている気がする。

「ごはん行こうよ」

「私はそういうのは……」

「えー、今日だけ。早いけど、お別れ会的な。もしかして嫌？」

「そういうわけじゃないです」

私の顔色を窺《うかが》うような視線に、慌てて頭を振った。

「大げさなことしなくても。バイトですし」

「バイトでも社員でも関係ないじゃん。ね。ここ辞めたら一生会えないかもしれないんだよ。寂しくない？」

「一生って……」

寂しくないと思います——さすがに口には出せず、心で留めたけれど。

どうしてこの人はこんなにも関わろうとしてくるのか。これまでの人生において彼のようなタイプから声をかけられたことはなかった。無意識に人の顔色を窺ってしまう私に友達は一人もいない。自分で言って虚《むな》しいけれど事実だ。

「ことりはお酒飲める人？」

　勝手に話を進める隼人が、「ほらほら」と自転車から降りるように催促する。諦めて降りると、ようやく荷台から手を放してくれた。

　私は「いえ」と頭を振った。飲めないわけじゃないがお酒は苦手だ。特に、誰かが飲む隣にはいたくない。お酒を飲んで性格が豹変《ひょうへん》する人だったらと考えると怖いのだ。

「お、いいね。俺も。じゃあ駅前のパスタでいい？　ほら、新しい店できたじゃん。昼間はすげぇ行列だけど、この時間は空いてるっぽいんだよね」

　この春に新しくできたパスタ屋さんは、店から五軒離れたコンビニの前まで行列ができる人気店だ。昼間の長蛇の列に並べるほど、弁当屋の昼休憩は長くない。どうせ近いからいつでも行けるという安心感も相まって、結局一度も行けずじまいだ。

　なぜか「俺が押していくよ」と自転車を押す隼人と、並んで歩いた。きっと私が逃げないようにするためだ。信号待ちをしながら、隼人は出張中の友人から預かっているというメダカの話を始めた。これまで命あるものは育てないと決めてきた私が、豆苗を育ててみようと思ったきっかけがこれだ。日々成長していくメダカたちの姿を事細かに教えてくれるのを聞いているうちに、なんとなく気になり出した。

――朝、起きる楽しみができたんだよね。

そんな一言で、豆苗を育て始めた。

「スマホ鳴ってない？　鞄《かばん》の中かな」

横断歩道の中頃で、私のトートバッグから着信音が聞こえた。

「電話じゃない？」

視線がバッグに向けられる。スマホを取り出し、画面に表示された見知らぬ番号を確認したのと同時に音が止まった。履歴を見ると、仕事中にも少なくとも五回はかかってきていたようだ。

「かけ直さないの？」

横断歩道を渡り切った所で足を止めた隼人を、ゆっくりと追い抜いた。

「いいの？」

「うん」

スマホをバッグの内ポケットに突っ込み、ファスナーを閉めようとして、指先が滑る。手が震えていた。隼人は「ふぅん」とだけ言うと、他愛《たあい》のない話を再開する。

もうすぐ桜が満開になるね。来週の雨で散らないかな。子供たちの入学式まで残ってるといいな――そんなふうに、自分には関係のないことを本気で願っているようだった。

動悸《どうき》を誤魔化すように、ゆっくりと呼吸をして……唇を噛み締める。

「ごめんなさい」

「ん？」

モスグリーンの屋根にレンガ造りのパスタ屋がもうすぐそこに見える。私は隼人が押す自転車のハンドルを掴んだ。

「やっぱり今日は帰ります」

「ちょ、どうしたんだよ急に――」

自転車を奪い返し、トートバッグをかごに放り込んだ。

「すみません。さようならっ」

思い切りペダルを踏み込む。信号の音、車の音、行きかう人々の声。雑踏に埋もれるように、もう何回目かわからない着信音が、バッグの中で鳴り続けていた。


アパートの玄関で電気を点けると、暗い和室で豆苗が迎えてくれた。部屋の隅にバッグを放り、豆苗の水を替える。視界の端に、放り出したバッグが映り込んで嘆息した。スマホを出し、八件の着信と表示された画面を指でスライドする。登録していない、知らない番号。思い当たるのは一人しかいない。

さっき郵便受けに入っていたチラシを広げた。怒り任せに団子状に丸めたそれは皺《しわ》だらけになっていた。裏面に殴り書きされた言葉。留守だったことに腹を立てたのだろう。感情に任せた字は、誰が書いたものか一目瞭然《いちもくりょうぜん》だった。

どうして電話に出ないんだ。一度話がしたい。

家も、電話番号も知られた。この果てしない執念深さには恐怖を覚える。空っぽの胃袋の底から吐き気がこみ上げた。

これを書いたのは私の父だ。生物学上の父親。私にとってはそういう存在の人間。離婚して父と母は他人になれても、私と父は他人にはなれない。血の繋がりがあると言われればそれまでだ。でも、できるのであれば、そんな繋がりは永遠に断ち切りたい。気持ちだけで言えば、赤の他人でしかないのだ。

幼いとき――物心つく前がどうだったのかは知る由《よし》もない。ただ、一番古い記憶である幼稚園の年中あたりには、すでに恐怖心は芽生えていて、両親が離婚した小学三年生の頃には、私の心は真っ黒に塗りつぶされていた。年齢が上がるにつれ、その感情は恐怖から嫌悪感へと変わっていく。

それはきっと一般的な反抗心がもたらすものではなく、父が私たち――主に母にしてきた精神的暴力を目の当たりにしたせいだ。感情のままに、暴言を吐く。物事が上手くいかないのは母のせい、私のせい。怒り、不満、そういった感情を家庭内にまき散らし、母を追い詰める。怒声と罵倒《ばとう》。私が怪我をしても、成績が悪くても、全てが母のせいだった。私が悪いのに、私のせいなのに。母を庇《かば》おうとすると、お前も里美《さとみ》にそっくりだな、と私もまとめて罵るのだ。

離婚して二十年近く経つ今も私たちを捜《さが》している。私の居場所を突き止めた父への嫌悪感が膨れ上がるのがわかる。理由は知らない。何が目的なのかも知らないが、知りたくもない。

気持ち悪い。むかつく。

どろりとしたタール状の黒い感情が心に流れ込む。苦しくて、悔しくて。息苦しさを覚えながら、チラシを壁に投げつけてうずくまる。掻《か》き毟《むし》り、爪を立てた頭皮に痛みが走る。広げた指には鷲掴《わしづか》みにした髪が数本絡まっていた。

翌朝、豆苗にはカビが生えていた。陰鬱《いんうつ》な私の暗さが豆苗に悪影響を与えたんじゃないか。一生懸命再生しようとしていた豆苗に、心底申し訳ないと思った。カビの生えた豆苗は、謝りながらゴミ箱に捨ててしまった。

桜はあっという間に満開になり、町中をピンク色に染め上げていた。桜の名所でもある町の北側を通る川沿いは人が列を成し、この時期以外では全く見向きもしない桜の木を晴れやかな顔で見上げていた。

どこか浮かれたような世間を横目に、今日も私は弁当屋へ向かう。三日続いた雨風にも負けず、桜の花は枝にしがみついていた。無残にも散って赤茶に傷《いた》んだ花弁が地面を覆ってはいたものの、新たな蕾《つぼみ》が開花の時を待っている。

——このままなら、入学シーズンには桜が残ってるかもな。

隼人はやっぱりまだそんなふうに言っていた。正直私にはどうでもいいような話に、できるだけ平静を装って「そうですね」と答えた。

三月末で閉店する弁当屋。だが、私はその日より一週間早く仕事を辞めることになった。エプロンを腰に巻いて厨房へ入る。シャッターを開けた隼人が陳列台の布を剥がしているところだった。

「無理に働かなくてもいいんだよ。引っ越しの準備とかあるんじゃないの」

弁当容器を吊り下げ棚に補充しながらミツさんが言う。

「出勤前に宅配で送る荷物は詰めてきましたし、不動産屋にも連絡は済ませてあるので。細かい手続きは明日終わらせて、明後日には出られるはずです」

ミツさんは「そう」と心配そうに眉をひそめた。

「ことり」

「あ、はいっ」

隼人が「そろそろ」と時計に視線を送る。九時半だ。慌てて仕込みの材料を取りに、冷蔵庫を開いた。

「ことりちゃん、おつかれさま。はい、最後のお給料。今日までの分ね」

二階の更衣室で着替えを済ませて階段を下りた私に、ミツさんが茶封筒を差し出した。

「ありがとうございます。このエプロン、今日中に洗って明日返しに来ます」

「あぁ、いいのよ。それ貰っとくね。はい、どうも。今までありがとうね」

しわくちゃのミツさんの恵比須顔を前にしたら急に胸が詰まる。目がしらが熱くなって、ミツさんの姿がぼやけて映る。その向こうに隼人がいるのが見えた。

泣いちゃ駄目。閉店の日を前にして、私はここを辞めるのだ。それも身勝手な理由で。

「いつかはこういう日が来るのはわかってたけど、いざとなると寂しいもんだねぇ」

私はもう何も言えなくなって、ただ「ありがとうございました」と深く頭を下げた。

人付き合いが苦手な私を優しく受け入れ、一から料理を教えてくれたミツさん。今年で七十九歳になるはずだ。

「ことりちゃん、元気でね」

「はい。ミツさんも、お元気で」

またミツさんに会いたい。だが多分それはもうできない。父とのことがある以上、私はここに戻ってくることはない。本当にこれが最後だと思うと鼻の奥がツンとする。決壊しそうな涙を堪えて、ごくりと唾《つば》を呑み込んだ。

ミツさんがシャッターを下ろす間際に見せてくれた笑顔と、無機質なガラス張りのビル群がふいにとても綺麗だと思ったことは、一生忘れないだろう。

それから二日後、私は母が一人で暮らす島へと向かった。千円で買った、異常にキャスターの音がうるさいキャリーケースを引きながら電車を乗り継ぎ、片道チケットを買って船に乗り込んだ。陸路がないわけではない。それでも船を選んだのは、陸地から次第に遠のく風景を目に焼き付けておきたかったからだ。

この場所へは帰れない。そう心に刻むように。

揺らぎそうになる感情と決別するために。

私はいつまで父に振り回される人生を送るのだろう――甲板《かんぱん》の手すりを強く握った手のひらに、筋状の赤い痕《あと》が浮かぶ。これからどうしよう。ミツさんの弁当屋という居場所を失って、島でどうやって生きていけばいいのか。

隼人は店を辞めたあと、どうするんだろう。ふとそんな考えが過《よぎ》ったが、そんなのは私には関係のないことだ。

ぼー、と響き渡る汽笛を合図にコバルトブルーの海へと放たれた連絡船が、遠霞《とおがすみ》にぼんやりと浮かび上がる対岸へと動き出した。

第二話　津久茂島《つくもじま》・風《かぜ》の丘《おか》地区

津久茂島。

本州から橋一本で繋がる小さな島だ。土地面積はおよそ二十五平方キロメートル。人口は五千人弱。年齢層は高齢者が半数を占めている。ここで育った子供は高校から本州の学校に通うことになる。実際、私も本州の高校で寮に入った。

小学校は島全体で三校。中学は一校しかない。昨今の田舎ブームの波に乗って移住者は増えているものの、定年後の夫婦や単身者が多く、子供の数は伸び悩んでいるようだ。

甲板の手すりに腕を乗せ、次第に近付いていく港に目を細める。この船の乗客の家族や友人だろう、津久茂港の堤防に、まばらな人影が見える。どの人も名前までは思い出せないのだけど。

私がこの島で暮らしたのは中学の三年間だけだ。両親の離婚後に母子生活支援施設で小学四年生まで暮らし、施設を出てからは大阪で二年。地方移住者支援という制度で母が介護に従事することを条件に、中学入学と同時に津久茂島へ引っ越した。

母が島の人たちと懸命に親交を深めようとしているのを目の当たりにしても、思春期の私はとてもそんな気になれなかった。一日のほとんどを家と学校の往復で終えていた私は、島民とは挨拶程度の関係にしかなれないのが現実だ。

浮遊感に呑まれないよう足を踏ん張る。船尾のベンチに座る女性が前のめりになって、膝の上のリュックに顔を埋《うず》めていた。日焼けで真っ黒の若い船員が付き添っている。

「あっ、お――」

うっかり「お母さん」と港に手を振りそうになって、我に返った。胸の前まで上げた手は、行き場を失《な》くして意味もなく襟元《えりもと》を掴む。

母だ。介護の夜勤中にぎっくり腰になったと嘆いていた母は、迎えの人たちの輪から少し離れて立っていた。なんとなく猫背になっているようにも見える。

「おかえり、ことり」

最後に船から降りた私を、亀のような歩速で迎えた。

「ただいま。ねぇ、腰痛いんでしょ」

「大丈夫、心配しないで。バスで来たし、痛み止めも飲んでるから平気」

声は電話で聞いていたし、写真もスマホで送ってもらっていたが、実物は写真で見るよりもしっかり老けていた。

今年で六十五歳になる母のほうれい線を含む皺は、化粧気のない肌にくっきりと刻まれていて、たれ目はたるんだ皮膚に呑まれていた。乾燥気味のショートカットの髪は灰色と白が入り交じり、姿はしっかり「おばあちゃん」だ。

白い半袖のシャツワンピースに、茶色いつっかけ。ワンピースのポケットからスマホを取り出した母は「一時間に一本しかバスがないの。タクシーを呼ばなきゃね」と画面をスライドし、タップする。スマホを前後させ、眉間に皺を刻んだ。

「老眼、酷くなったんじゃない」

母は画面を見たまま顔をしかめて苦笑する。

「そうなの。人間って駄目になるときは早いんだから。丸山タクシーってこの番号よね？」

スマホの画面を見せられて頷くと、母は安心したようにタップして電話をかけた。

タクシーが港についたのは十分後だった。車内に乗り込むやいなや、運転手のおじさんが「森野《もりの》さん、こんにちは」とルームミラー越しに会釈をし、そのまま視線を左にずらして私を見た。

「娘さん、帰ってきたの。久しぶりだねぇ」

まるでよく知った間柄のような口ぶりに、運転手さんと自分がどこで会ったのかを思い出せないまま「お久しぶりです」と返した。助手席に立てられた名札には、わざとらしいような黒々とした七三分けヘアのたぬき顔のおじさんの写真。その下には丸山幹夫と記されていたが、やっぱり覚えていない。

港から山沿いに進み、島の中心部でもある津久茂商店街を抜け、私の母校の津久茂中学を横切る。大通りを走り、道路標識が現れた。

直進すると白鷺《しらさぎ》地区。右に曲がれば風の丘地区だ。

タクシーは右に曲がり、住宅街を抜け、田舎ならではの広すぎる坂道を上り、林道に入る。折り重なる枝葉の向こうに、私が三年間を過ごした集落が見えてきた。

風の丘地区は集落の周りに緩やかな山々が連なり、人々が住む村は窪地《くぼち》になっていて、この林道のある丘から見ると、大きなお椀《わん》の中に広大な畑と民家が点在しているように見える。

さっき標識に見た白鷺地区は水田が広がる、米作りが盛んな集落だ。

この島で一番栄えている商店街と、津久茂港のある陽ノ江《ひのえ》地区。

陽ノ江地区の隣にあるのが、津久茂川が流れる星野《ほしの》地区だ。あそこは牛や鶏を育てていて、中学の校外学習でアイスクリーム作りを体験した記憶がある。

そんな津久茂島は車なら一時間程度で一周できてしまう。狭い島での暮らしは人と人との繋がりも密接なのだと、母子生活支援施設で聞かされていた。その頃唯一仲良かった子が以前住んでいた場所が、そうだったらしい。本人はそれをネガティブなこととしては捉えていない様子だったが、思春期の私はそれが煩《わずら》わしく感じてしまった。

実際島に来ても、大人どころか同級生とも上手く馴染めなかった。子供同士で話しているつもりでも、あっという間に大人にまで広がってしまう。そんな環境に慣れない私は、人と必要以上に関わるのを避けてしまっていた。

タクシー代の支払いの際に振り返った丸山さんの顔を正面から確認したが、記憶にはない。毛虫みたいな太い眉毛も、カツラにしか見えない七三分けの丸いたぬき顔も、やはり覚えていなかった。

そして、自分の家の前に立っても「懐かしい」という感情は抱けなかった。地方移住者支援で紹介された中古の二階建て一軒家は、あの頃と変わっていない。甲高い音で軋む錆びた門扉も、そこに針金で括《くく》り付けただけの赤い郵便受けも、丸い石が玄関まで蛇行する狭い庭も、玄関の寂れた引き戸の音も、どれを聞いてもまるで「他人の家」だ。

普通であれば、こういうときは郷愁《きょうしゅう》を感じたり、しみじみ思ったりするものだろう。自分自身がいかに無感情にここでの三年間を過ごしていたかを改めて確認したようで、同時に自分の子供時代が酷く空虚に思えた。

二階にある私の部屋は、中学時代で時が止まっていた。掃除や空気の入れ替えで母が立ち入った形跡はあるが、箪笥《たんす》の上の技術の授業で作った木材加工のオルゴールは、一音も欠けることのないメロディを奏でていたし、修学旅行のお土産で買った柴犬の博多人形が今もテーブルの上に。ひよこ饅頭《まんじゅう》の色褪《いろあ》せた上蓋が壁に飾ってあった。

キャリーケースを部屋の隅に置いて窓を開けると、部屋を巡った甘い風が、前髪をかき分けて額を露《あら》わにする。風の丘地区を囲う低い山々は、淡い桜色に染まっていた。

家の裏側に広がる畑に、もんぺ姿の人の丸い背中からお尻にかけてが見える。作業の合間に背中を反らして伸びをして、また丸くなる。畑の脇には自転車が停めてあるから、向こうの住宅地の人なのだろう。

この家は風の丘地区の入り口に位置し、向かいに大きな日本家屋があるだけだ。そこから畑沿いに進んだ先は住宅が密になっていて、個人経営の雑貨店や商店、地元の人が集まるお好み焼き屋さんもあったはずだ。

ここと あちらの住宅地の間に延びる長いあぜ道の左手には畑が広がり、右手は桜並木が彩る土手がある。土手の反対側は津久茂川の支流となる穏やかで浅い川が村を縦断している。この地区は土の匂いがとても濃い。畑に実る作物や花、秋にはどっさりと実を付ける柿の木がある、彩り豊かな地域だ。見える景色は十年前となんら変わっていなかった。

土と、桜と、緑の香り。それらを打ち消すように、カレーの匂いが漂ってきた。一階に下りると、母が昼間に作ったというカレーを温めていた。流し台と反対側の壁にかけてあるうっすらと埃《ほこり》をかぶった時計は、五時を示していた。

「私がやるよ。お母さんは座ってて」

「これくらいできるよ」

椅子に座って鍋をかき混ぜる母からおたまを取り上げ、隣の六畳の居間へ手を引いた。しっかり脂肪を溜めた母の二の腕は、しぼみかけた水風船みたいだ。

二人分のカレーをよそい、母の向かいに座った。

「ねぇ、明日どこ行こうか」

「いや、どこ行こうって……」

まるで休みを前にした幼稚園児に訊《たず》ねるみたいに、母はスプーン片手にテーブルに身を乗り出す。

「無職だし。お金も節約しなきゃ」

すくったカレーに息を吹きかけて、ゆっくりと口に運ぶ。私が好きなとろとろカレーだ。とろとろ、というか最早どろどろカレー。スプーンからぼたっと落ちるくらいが好きなのだ。大きいじゃがいもが入ったこのポークカレーが、子供の頃から大好きだった。

あぁ、お母さんのカレーだな、と味わいながら次のひと口をすくう。

「いいじゃない、少しくらい。お母さんも働いてるんだから、お金は気にしないで。商店街に新しい喫茶店ができたの。うちの地区の畠中《はたなか》さんのお孫さんがやってるんだけど。浩二《こうじ》君、覚えてない？　ことりの同級生。クラスも同じだったんじゃないかな」

「へぇ……」

畠中、畠中、畠中浩二、と頭の中で唱えてみたけど出てこない。女子の輪にすら入れないで孤立していた私が、男子の名前なんて覚えているはずもないのだが。

「いや、その腰で行けないでしょ。治ってからにしようよ」

どうせその浩二君とやらも覚えてないんだし。と心の中で独り言《ご》ちてまたカレーを頬張る。美味しい。カレーは飲み物だなんて言う人がいるけど、私もそうかも。

母はどうしてもどこかへ出かけたいのか、「じゃあもう少し近場でお散歩とか」などと食い下がる。「私はここに住むのだから、いつでも行けるでしょ」と説得すると、ようやく諦めてくれた。まるで散歩を断られた犬みたいにしょんぼりとしていて、罪悪感が全くないと言えば嘘になるのだけれど。

そのあと私はカレーをおかわりした。母は一皿目のカレーすら「お腹いっぱい」と言い出したので、それも貰うことにした。結局二皿半食べたことになる。

夜になると、外に出てみようかという気も起きたが、母のあの様子だと「私も行く」とか言い出しそうな気がして、やっぱりやめた。

十年も前で時が止まったままの自室の窓辺に座る。

お腹はいっぱい。風が気持ち良い。

昼間はあんなにも桜色に染まっていた風景も、今はすっかり夜の闇に沈んでいた。黒い山々の稜線が村を囲み、遠くには民家の明かりが白く灯っている。畑の向こうの山の中腹で、石灯篭《いしどうろう》が淡い光を滲《にじ》ませていた。

母と初詣で行った神社だ。こぢんまりとした神社ながらも歴史は古い。神社仏閣に興味がある観光客がぽつぽつと訪れる、マニアックに分類される神社だということを数年前に本屋で手にした日本の隠れ絶景写真集で知った。実際に絶景だったかどうかは、初詣という夜中にしか行っていない上に、寒すぎて足元しか見ていなかったからわからない。

今朝まではコンクリートジャングルの町にいて、昨日まではオフィスビルの足元で働いていたのに、今は海に囲まれた小さな島で田舎の夜の景色を眺めている。父のことがなければ、島に戻るつもりはなかったのに。

部屋の隅にキャリーケースと一緒に放り出していた鞄の中から、スマホの振動音が聞こえた。まさか、と思った嫌な予感は的中した。

父だ――

三十秒ほどで留守電に切り替わるが、そのまま切れた。それでも昨日までの焦燥感はない。アパートは夜明け前に出てきた。早いうちに家を離れ、適当な店で時間を潰してから津久茂島への船の時間を調整した。引っ越しの荷物は最低限に抑え、梱包が大きくなるものは処分した。不動産屋の退去の立ち会いも、事情を伝えるとスーツではなく普段着で来るような配慮をしてくれる人なのも救われた。これだけ対策をしてきたのだから、見つかる心配もないはずだ。

父は、もぬけの殻《から》になったアパートを見て愕然としたことだろう。

スマホ、解約しよう。

母と住むのであれば連絡を取る必要もないし、どうせ友人もいない。調べ物がしたければ、陽ノ江地区にある役場に併設された図書館にでも行けばいい。車はなくても自転車もバスもあるし、どうせ暇で時間はいくらでもある。

窓を閉め、電気を消した。布団にもぐり、目を閉じる。数日ぶりに、穏やかな気持ちのまま眠りに落ちた。

その夜、夢を見た。あの弁当屋での日々の夢だ。

隼人が注文を受け、私が厨房で調理し、お客さんが「ありがとね」と弁当を持ち帰る。

「ごはん行こうよ」

隼人の軽い口調が懐かしい。結局、行けないままで終わっちゃったけど。

夕景に浮かぶ能天気な笑顔は、オレンジ色の強い西日に包まれて見えなくなった。

「あっつ……」

布団の上で大の字のまま呻《うめ》く。目覚めは最悪だった。触らなくても背中が湿っているのがわかる。前髪の生え際を指先で擦ると汗がべっとりと付いた。

視線だけで頭側の壁掛け時計を見る。十時五十分。青い遮光カーテンの隙間から漏れる陽の光は、引きこもりのアラサーの眼球には刺激が強すぎて顔をしかめた。

五月に入ってから、島の気温は容赦なく上がり始めた。まだ夏どころか梅雨も前だというのに二十五度を超えている。

一階に下りると、母は仕事に出たあとだった。冷蔵庫にオムライスが入っています、温めて食べてね。ケチャップは冷蔵庫の扉の右側です――几帳面な小さな字で書かれたメモが、居間のテーブルに残されていた。余白には私が幼少期に好きだったカエルのキャラクターが描いてある。過保護なのは相変わらずだ。こういうのも、私が子供の頃から変わっていない。

あれから母の腰はすっかり良くなり、これまで以上に頑張らなくちゃと昨夜も随分と意気込んでいた。オムライスを食べ、シャワーを浴びてからまた部屋に戻った。こっちに来てからずっとこれの繰り返しだ。満腹の二十六歳女は、畳んで積み上げた布団に上半身を乗せるようにして仰向けに転がった。これぞ食っちゃ寝。

開けた窓の向こうの電線に止まった一羽のカラスが、不思議そうにこちらを見ている。小首を傾げて、カアー。あいつ昼間から何やってんだ？　とでも言っているのか。カラスはしばらく私を観察してから、ばさばさと黒い翼を羽ばたかせてどこかへ行ってしまった。

私もあんなふうに自由に生きられたらな。まあ、はたから見れば良い年した無職の人間が実家で暮らしている姿は、自由そのものなのだろうけれど。

その日は午後二時を過ぎると薄雲がかかり始め、気付けば雨が降り出していた。うたた寝する怠惰な私を起こしたのは雨の音ではなく、古臭いチャイムの音だった。

「あらぁ、ことりちゃん？　引っ越してきたって聞いてたのに姿を見ないから、どうしたのかと思ってたら」

家の前にいたのは、見事な大仏パーマのおばさんだ。五十代くらいだろうか。傘を持つ手とは反対の右手をぽっこりと出た頬骨に当てて、

「大きくなって。おばちゃん、覚えてる？　お母さんがツバキさんって呼んでるでしょ」

と言う。

「あぁ、ツバキ屋さんの」

ようやくこの島に来て初めて人の名前と記憶が一致した。ただ、私の記憶にあるツバキさんは大仏パーマのおばさんではないが。

「そう、ツバキ屋の椿《つばき》マサエ。もうおばさんになっちゃって。わかんなかったわよねぇ」

ツバキ屋は向こうの住宅地にある個人商店だ。雑貨や文具などを取り扱っていて、私も学生の頃はノートなどを買いに行ったことがある。大らかで声が大きい人というのが印象に残っていて、今はその「大きい」に体のサイズも加わっている。

「ちょうど前を通ったらベランダに洗濯物が出てたから。声かけなきゃと思って」

「ありがとうございます。取り込んでおきます」

母が仕事前に干したものを片付けた私は、また暇になって部屋に戻った。

囁《ささや》くような雨音が聴覚を満たす。流れ込む生ぬるい風は、湿気と緑の匂いが入り混じっていた。

五時を告げる音楽が、灰色の霧に包まれた村に静かに響き渡る。洗濯物を取り込む以外何もしていない私の腹の虫は、完全に息を潜めていた。

三月までは、毎日が本当に忙しかったな。

考えれば考えるほど、心まで今日の空みたいな灰色の雲に覆われて、ため息が出る。

天井の木目が私を見下ろしていた。生産性もないこの時間も嫌いじゃないが、毎日続くと焦りが生まれる。母以外、会話する相手もいない。寝て、起きて、食べて、また寝る。そんな毎日だ。

「ミツさん、元気にしてるかな」

私のことも少しずつ忘れてしまうのだろうか。私は忘れないけれど、相手もそうだとは限らない。母と離れて暮らす私にとってミツさんは本当のおばあちゃんみたいな存在で、休憩時間にミツさんとお茶を飲むひとときは、家族のぬくもりのようなものを感じた。そんな大切な場所を失くしてしまった。店を閉めても、父のことさえなければ会うことはできたはずだ。でも父のことがある以上、ミツさんの傍にいれば迷惑をかけてしまう。

両親が離婚してこんなにも年月が経っているにもかかわらず、私は父に振り回されてばかりだ。なんか悔しい。

よいしょ、と心なしか重くなった体を起こし、勉強机の引き出しを開けた。中学のとき、一目惚れで買ったレターセットを机に置いて、椅子の座面を下げる。ミツさんに手紙を書き、畑沿いに佇《たたず》むポストに投函《とうかん》した。返事が来たのは一週間を過ぎた頃だ。

ことりちゃん、元気そうで安心しました。私も元気だけど、閉店した弁当屋の片付けのときに転んでしまってね。それからは隼人君がよく様子を見に来てくれるの。

ことりちゃんの新しい暮らしはどうですか？　確か、津久茂島だったよね。

いつだったかテレビで特集していたのを見て、素敵な所だと思ったのを覚えています。

読みながら「へぇ、隼人が」と呟いた。今までの恩があるとはいえ、辞めた職場の雇い主を気遣って見に行くなんて、誰でもできることじゃない。ノリが軽くて能天気な彼なりに、いい所もある。もちろん一緒に働いた二年間でわかってはいたことなのだけど。ちょっと微笑ましいような気持ちになりながら、便箋《びんせん》を出してペンを取った。

良かったですね、安心しました。津久茂島はとても静かでいい所です——。ミツさんがそれ以上手紙を書かなくて済むような文面で送った。それでとりあえず終わるつもりだったのに、それから二週間近く経って、また手紙が届いた。

急にごめん。ミツさんに住所教えてもらったんだ。

ことりの親父だって人が店に来たよ。もう辞めたから知らないって言っておいたけど、結構しつこく居場所を聞かれた。大丈夫か?

達筆な文字で書かれた手紙の文末には、水島隼人と記されていた。

第三話　梅雨の紫蘇《しそ》ジュース

津久茂島での暮らしは、相変わらず退屈な毎日だ。隼人からの手紙に返事を出してから数日。父に店を辞めたことを伝えてくれてありがとう。迷惑をかけてごめんなさい。もう店には来ないと思います。こちらは大丈夫です。そう返事を書いてからは音沙汰がない。

父のことを考えていても気が滅入《めい》るばかりなので、陽ノ江地区の商店街に行くことにした。母が言っていた、私の同級生の喫茶店を店の前から覗いてみた。店内には入る勇気がないが、店主の浩二君らしき姿は見ることができた。

浅黒い肌に、手足も顔も私よりずっと細く、身長は百六十数センチだろうか。黒縁眼鏡に団子鼻の、清潔感のある純朴《じゅんぼく》そうな青年だ。ブラウンのシャツに黒いエプロンの落ち着いた立ち姿と振る舞いが、イギリスビンテージな店の雰囲気と馴染んで、彼がいるだけで絵になる。

浩二君が営む喫茶クラウンを覗いた帰りに役場の図書館に立ち寄り、新刊コーナーを右から左へとじっくり見て回った。その中で一冊、『小さなカフェの作り方』という水色のパステルカラーの表紙が目を惹いた。その日はカフェの作り方の本と小説三冊、なんとなく手に取ったガーデニング番組で有名な人の庭作りの本を借りることにした。

時間を持て余す私は一週間かけて三冊の小説を読み切り、庭作りの本を斜め読みしてなんとなく「丁寧な暮らし」気分を味わうだけ味わって、返す本の山に積んだのが今朝。

雨続きでさっぱりしたものが食べたいと言った夜勤明けの母と、冷やしうどんに総菜屋のとり天をのせて朝昼兼用ごはんを済ませた。

「小さなカフェの作り方」

表紙のタイトルを読み上げて、窓辺の砂壁にもたれた。今朝までしつこく降り続いた小雨もようやく止み、雲の切れ間から水色の空が見える。地上に差す細い陽の光が空気中の水分を含んで、光の粒子を抱いていた。

梅雨空の合間から見える水色と同じ色の表紙には、シンプルで飾り気のない白壁の前に満面の笑みで寄り添う女性が二人。年齢的には私とそう変わらないんじゃないだろうか。表紙の二人を探して、ぱらぱらとページを捲《めく》る。

「姉妹、か」

元々は姉がパン職人をしていて、妹は趣味の洋菓子作りを活かし、一緒にカフェを開いたというものだった。二人の苦労や経験、失敗から学んだことなどが時系列で整理して記されている。それらの文字に視線を滑らせただけで、本を閉じてしまった。

仲のいい姉妹。好きなことを極めるために専門学校に通わせてくれた両親。工務店を営む父の手助けもあり、居抜き物件の改装も上手くいったというのを見て、私には縁のない世界なんだ、とそれ以上読む気になれなかった。

何を期待してこの本を手に取ったのだろう。自分にはないものに恵まれた人。彼女たちのように、ミツさんのように、店を持つことへの憧れでもあったのだろうか。

それからは、ぼうっと流れの速い雲を眺め、雨上がりの青臭い風を感じながら、いつの間にか眠っていた。


何もしないでいるというのは、時間の流れが早い。ミツさんの弁当屋で働いていた頃は毎日忙しくしている方が時が経つのが早くて、休日の方がゆっくりな気がしていたが、必ずしもそうではないらしい。家に引きこもり、最低限の家事をする以外は寝て過ごしていると、一日があっという間に過ぎるようになった。

体が重い。頭が重い。ついでに、まぶたも重い。次に寝たらこのまま一生目が覚めないんじゃないかと思うくらい、馬鹿みたいに寝ていた。

そうしているうちに、図書館から借りていた本の返却日になっていた。通常の貸出期間は一週間。返却日前日から雨が続き、一週間延長してもらっていたが、今日がその返却日だということに、六月のカレンダーに書き込んだ丸印で気が付いた。

「あー、梅雨はもういいよぉ」

じめじめ、むしむし。ようやく雨が止んで喜んだのに、梅雨の湿気がじっとりと肌にまとわりつく。手櫛《てぐし》を通した髪の毛までもごわついているのがわかる。

家を出てすぐの循環バスの停留所に貼られた時刻表に、今の時間――午後一時の場所を見つけて人差し指を当てた。バスが来るまで、あと十五分。

やっぱり体が重い。急激に太ったわけでもない。具合が悪いわけでもないが、とにかく体が重くて怠い。母と暮らす私の食事の栄養面は問題ないはずだが、母以外の誰とも話さない、時間にも縛られない生活というのは、生きていく上で大切な何かを確実に蝕《むしば》んでいるような気がする。

スマホを解約し、父から追われることもないのだから自由に暮らせているはずなのに、ふととてつもない孤独感や疎外感に苛《さいな》まれるのはどうしてだろう。寝すぎて凝り固まった首筋から肩をほぐすように腕を回し、伸びをし、空虚なため息を宙に吐いた。

あぜ道の途中にぽつんと立つバス停は、時刻表が傾き、太陽を遮る待合所もない。中学のときからある錆びついた青いベンチに腰掛け、湿ったシャツの襟を摘《つ》まんではためかせた。

山の麓《ふもと》まで広がる畑から、太陽を透かす薄雲のかかった空へと視線を滑らせ、水筒の麦茶を喉に流し込む。十分ほどそうしていると、住宅地の方から白髪の男性が広い歩幅で向かってくるのが見えた。男性は片手を挙げ、「おーい、こんにちは」と声を張り上げた。

チョコレート並みに焼けた肌は陽光を反射して鈍く光っていた。髪の色と目じりの皺の深さから見ると七十歳は超えていそうだが、タンクトップと短パンから覗く筋肉質な手足は四十代くらいにも見える。ずっしりと重そうなえんじ色のリュックを膝にのせ、私の隣に腰を下ろした。

「久しぶりやな、ことりちゃんやろ」

焼けた顔に白い歯がにっと広がる。

「えっと、はい。そうですけど……」

「帰ってきたとは聞いてたけど姿を見んから、ほんまかいなと思ったわ。へぇ、大きなって。べっぴんさんに磨きがかかったんとちゃうか」

あっはっは、と笑う男性は、私の表情を見て「おっちゃんのこと覚えてへんのか」とさらに笑う。あまりにも大きな笑い声に、地面に降りたスズメが驚いたように飛び立った。

「畠中のおっちゃんやないか。ようお母ちゃんのところに紫蘇持っていったやろ。ほら、うちの裏で紫蘇畑やりよるやん。神社の近くの」

「赤紫蘇の――」

私の言葉にかぶせて、畠中さんが「せや」と満足そうに頷く。

「明日の朝、また赤紫蘇持って行くわな。紫蘇ジュース好きなんやろ。昔、お母ちゃんが娘が好きなんやって言うとったわ」

この時期になると母が紫蘇ジュースを作ってくれていたのを思い出す。学校から帰って母が用意してくれた、氷をたっぷり浮かべたルビー色の紫蘇ジュース。甘酸っぱくて、炭酸を入れると爽快感がプラスされる。梅雨時期の密かな楽しみだった。

「おっちゃんの孫の店行ってくれたか？　クラウンっちゅー喫茶店なんやけど。ええセンスしとるんやで」

「実はまだ……。でもお店の前は通りました。平日なのにお客さんが結構入っていて、素敵な雰囲気でした」

「せやろ。ここらは年寄りばっかりで、土日も平日もないからな。一時はどうなるや思たけど、最近は浩二の愛想も良うなって――お、バス来たで。おう、みんな揃っとんなぁ」

運賃箱に百円を入れ、畠中さんは後部座席の顔馴染みらしい人たちの輪に加わった。

私は運転席に近い椅子に腰を下ろし、楽しそうな声を聞きながら、後方へと流れる長閑《のどか》な田舎の風景を眺めていた。

畠中さんと他の乗客は白鷺地区の公民館で下車し、バスは私一人を乗せて陽ノ江地区に向かう。役場前のバス停で降り、Uターンして走り去るバスに頭を下げてから、正面玄関の自動扉をくぐった。

カウンターで本を返却し、一時間ほど館内を見て回ってから、手ぶらで図書館を出た。

「こんにちはー」

声をかけられ、愛想笑いを浮かべながら会釈を返す。役場の玄関横の店舗に、営業中の看板が立てられていた。

洋食　黒猫
挨拶をしてきた灰色の短い髪に三角巾を結んだ小太りの女性が、もう一度私に微笑みながら会釈をして店に入った。

役場と同じクリーム色の壁は所々に染みがある。使い込まれたキッチン、日焼けしてくすんだグリーンのテーブルクロスがかけられた六卓の丸テーブル。メニューが書かれた黒板が壁に貼り付けてあるだけの、シンプルな内装だ。玄関横のモンステラが艶々《つやつや》な緑を添えている。

店主と思《おぼ》しき小柄な白髪の男性がキッチンから出てきた。壁のメニューボードのずれを人差し指で調整し、真正面、真横から確認し、満足したようにキッチンに引っ込んだ。

「あ――」

メニューボードの三つ目に書かれたハンバーグ定食に見覚えがある。島に引っ越してすぐ、諸々の手続きを済ませた母に連れてこられた店だ。中学生にもなった私は、母との暮らしにお金の余裕がないことはわかっていたので、一番安いチキンライスを注文しようとした。だが、母は引っ越し祝いだからとハンバーグを頼んでくれたのだ。

運ばれてきた料理には、チーズがおまけされていた。糸を引くとろりとしたチーズと柔らかい煮込みハンバーグ。夢中で食べる私を幸せそうに見る母の顔と、テーブルに落ちる白い陽だまりの記憶が、確かな温度をもって蘇る。

「いらっしゃい」

さっきの女性が店主とお揃いの黒いエプロンの紐《ひも》を結びながらやってきた。

「ハンバーグ定食をお願いします」

注文を受けた女性がキッチンに入ると、店主の男性が調理を始める音が聞こえて、やがてデミグラスソースのいい香りが店内を満たしていく。

あの日と同じ、チーズがおまけされた煮込みハンバーグと、滑《なめ》らかな舌触りのポテトサラダ。野菜たっぷりのスープも絶品だ。ＢＧＭもない、客は私だけの静かな店内と美味しい料理。洗練されたお洒落な店にはほど遠い、言葉は悪いがどこにでもあるような店。だが、そこで出される料理は他では味わえない、ここだけのものだ。干からびた魚の如く気力を失いつつあった心に、そっと優しい刺激を与えてくれる味だった。

定食の値段は六百五十円。そんな値段で採算が取れるのだろうか。今度はお母さんも一緒に――と思ったら、会計の際に「実は今日が最後の営業日なんですよ」と女性が申し訳なさそうに言った。

「夫婦で新婚当初からやってきたんですけど。せっかく来てくれたのに、閉店の話なんてね……ごめんなさいね」

お釣りを受け取る私に女性は「でもね」と続けた。

「ここ、七月からイベントスペースになるんですって。地元のお野菜を売ったり、手芸教室だったり、いろんな催し物ができるようになるみたい。それはそれで楽しみよねって主人と話してるんです。古いものがなくなっても、また新しいものが生まれる。寂しいけれど、新たな人の縁が生まれるなら、それも素敵なんじゃないかって思うんですよ」

主人、と呼ばれた店主が、キッチンから顔を出して会釈した。

女性の言う通り、役場の玄関にある掲示板には「洋食黒猫、六月閉店。七月より、イベントスペースとなります」と書かれた小さな紙が貼られてあった。

「ねぇ、これ手伝って」

夕飯と風呂を済ませて居間の扇風機で火照《ほて》りを冷ましていると、ザルに山盛りの赤紫蘇を抱えた母が、引き戸の木枠を器用に肩で押し開けた。今朝、畠中さんが赤紫蘇を持ってきてくれたらしい。他愛のない話をしている間も、母の手元は無駄なく動き続ける。私の倍の速さで葉を千切ってくれたおかげで、作業はあっという間に終わった。

「今日はことりがやってみる?」

母が底の深い鍋をコンロにのせて言う。頷くと、嬉しそうに無数の皺を刻んで笑った。シミやそばかすが散った肌は乾燥も酷い。あまり自身のケアをする方ではなかったし、還暦を過ぎたせいもあるだろうが、今どきの母の年齢の女性はもっと若々しい。父と離婚してのんびり暮らせているはずなのに。昔のストレスや過労のせいもあるのだろうか。

「ことり、お湯が沸いたよ」

「あぁ、うん。ごめん」

「火を使ってるときにぼんやりしちゃ危ないでしょう。鍋の縁、触っちゃ駄目よ」

まるで初めて台所に立った子供に注意を促すような口ぶりの母に、ついそっけない態度を取ってしまう私は、まだまだ精神的に幼い。母の指示通りに鍋に赤紫蘇を入れる。ふさふさだった赤紫蘇が、しなりと嵩《かさ》を減らした。透明だったお湯が、みるみる濁《にご》ったような赤茶色に染まっていく。

母がまた「火傷、気を付けてね」と念を押すのにうんざりしながら頷く。ザルで漉《こ》し、葉を取り除いた汁を再び鍋に戻した。そこに砂糖――その量が文字通りの「てんこもり」で躊躇《ためら》うが、「これくらい入れないと長期保存ができない」らしいので、思い切って鍋に流し入れた。

「はい、レモン汁ね」

レモン汁の入った小皿を受け取り、濁った汁に回し入れると……

「わぁ、綺麗」

濁った赤茶色が、魔法をかけたみたいに鮮やかな赤色に変わった。煮沸消毒をした瓶に移すと、それはさらに透き通っていて、宝石のルビーを溶かしたみたいだった。

完成した赤紫蘇ジュースを氷を入れたグラスに注ぎ、炭酸水で割る。居間のテーブルを挟んで母と向かい合い、小さな気泡が弾けるグラスをストローでかき混ぜた。

「ことりが帰ってきてからお母さんは毎日楽しいけど、ことりはどう？　やっぱり戻りたいんじゃない？」

「そんなことないよ。まぁ、戻りたくなったら適当に戻るから」

父から逃げるために戻ったなんて言えない。母の前で父の話をするのは、今の平穏な暮らしを壊すことにもなりかねない。

「お弁当屋さんのバイト、楽しそうだったじゃない」

「そうかな」

「新人の男の子だっけ。あの子のことを話してるとき、ちょっと楽しそうだったよ」

口に含んでいた紫蘇ジュースが気管に入って激しく咳《せ》き込んだ。

「やめてよね。ノリは軽いし、能天気だし、すっごい派手なんだから」

「でも、ことりからお友達の話を聞くことってなかったからね。愚痴ばかりだったけど、ちょっと楽しそうな感じ。いいお友達ができたんだなって、お母さん嬉しかったよ」

「もう辞めたんだし、関係ないよ。ごちそうさま」

空のグラスを持って立ち上がり、居間の引き戸を開ける。

「男の人は苦手なの。わかってるでしょ」

冗談で言ったつもりなのに、「そっか……そうよね」と呟いた母の声は、寂しそうに聞こえた。


「ことり、料理は昔から上手だったけど、また腕を上げたわねぇ」

久々の休日となった母が味噌汁を飲み、焼き鯖の身をほぐしながら感慨深く頷いた。

「まぁ、私も一人暮らしが長いからね」

言いながら、昨夜の残り物のきんぴらごぼうを、ごはんにのせた。昨日よりも味が馴染んだ甘辛いきんぴらごぼうは、ごはんによく合う。

「駄目なお母さんを持つと子供がしっかりするんだって。うちは当たってるなーと思って笑っちゃった」

何それ、と鼻で笑って、ごはんを一気にかき込んだ。

「お母さんは駄目じゃないでしょ」

母は駄目な母親どころか、頑張りすぎな母親だ。離婚した責任でも感じているのか、なんでも完璧にこなそうとする。私がもっと適当でいいんじゃないと言っても変わらない。だからと言って私が手伝おうとすると、些細なことにも「危ないからね」と遠ざける。

高校から島を出るときだって、ついてこようとするのを必死で説得したのだ。そういえばあの頃、ツバキさんが母に寄り添ってくれていたから島を出られた。今頃になってそんなことを思い出す。

片付けを済ませて居間に戻ると、母はすでに着替えを済ませ、バッグにスマホを仕舞っているところだった。

「出かけるの？」

「この前、臨時集会に出られなくてね。今日もあるみたいだから行ってくる」

「もしかして白鷺地区の公民館？」

母は「あら、知ってたの？」と手を止め、「あぁ、急がなきゃ」と慌ただしくテーブルの眼鏡ケースをバッグに突っ込んで玄関に向かう。

「白鷺地区にずっと放りっぱなしの空き家があってね。今後の活用について話し合ってるみたい。取り壊しにもお金がかかるんだって。元は民宿だったけど、観光客の人が廃墟《はいきょ》だなんだって荒らしてるって書類に書いてあったわ」

靴箱の上の時計を見ると「バスが来ちゃう」と慌てて出ていった。

梅雨明けも近いのだろうか。湿っぽい風がいくらかましに感じる。先週までは雨マーク続きだった天気予報も、今朝の週間天気予報では三つしか付いていなかった。

家を出て住宅地の方へと歩き、二股の道を左へ進む。畑の合間を縫うように作られた砂利道を踏みしめる。緩やかなカーブから水路の脇を抜け、舗装された山沿いの道を右へ曲がった。

左手には竹林が立ち並ぶ。その奥にあるのは風の丘地区を囲む山だ。お椀の壁となるなだらかな山が連なり、太陽の光を浴びて鮮やかな緑を輝かせている。

「空き家かぁ」

小さなカフェの作り方の本には、両親が亡くなったあとに実家を改装して店を開いたというのもあった気がする。とはいえ、長年にわたり放置された空き家と、両親が住んでいた実家とでは状態も違うだろう。田舎の古民家の空き家なんて、お化け屋敷も同然なんじゃないだろうか。誰かがお店として再利用することもあるのかな――まぁ、私には関係ない話だけど、と他人事《ひとごと》のように歩き続けた。

道なりに進めば小さな公園がある。そこから少し行くと、駅が見えるはずだ。島をぐるりと一周するローカル線が走っていて、海辺や渓谷をも駆け抜ける電車は、ときにテレビや雑誌の取材も訪れる。

記憶にあった通り公園につくと、田舎の風景の向こうから電車の音が耳に届いた。太陽が頭のてっぺんに昇っているのを確認して、広場の丸太ベンチに座る。鞄からおにぎりを包んだアルミホイルを出した。梅干しおにぎりと、塩むすび。

夏が始まる前の、束《つか》の間《ま》の優しい季節。そんな言葉が浮かぶ、柔らかで心地いい風が頬を撫で、大木の葉をさあっと揺らめかせた。

誰もいない静かな時間を味わっていると、駅の方から歩いてくる人影が見えた。村の人だろう、と特に気にもせず梅干しおにぎりを頬張り、山の上をのんびりと旋回《せんかい》するとんびを眺めていた。

ゴロゴロ……ゴロゴロゴロ……

なんだろう。何かが転がるような音がする。

「よっ」

その声に、視線を空から地上へと戻して——目を疑った。

「久しぶり」

金色の英語が印字された白いシャツ。軽い口調と笑顔。突如として現れた、ここにいるはずもない人物を目にして、うっかり米が喉に詰まった。

おかしい、おかしいでしょ。時空でも歪んだ？　夢でも見てる？

「ちょ、おい、大丈夫かよ」

「な、なんで——」

傍に置いていた水筒のお茶を喉に流し込む。

「なんで隼人がここに……ここにいるんですかっ」

「手紙書くのまどろっこしいし。住所は知ってたから、人に聞きながら来てみた。ま、ほとんど観光目的だけどなっ」

キャリーケースを置いた隼人が隣に座る。その背には黒い楽器ケースを背負っていた。

第四話　清夏のサイダー

暑い。七月ももう半《なか》ばなのだから、当然といえば当然なのだろう。閉め切った窓の向こうからも存在を主張しまくるアブラゼミ。だが、この暑さは彼らのせいだけとは言い切れない。今日も現れるであろうあの男が、暑さをまき散らしているのだから。

かろうじてお腹にかかっていたタオルケットを剥がし、額の汗を腕で拭いながら体を起こした。中学から使っている目覚まし時計の長針が動く。午前七時三十二分。

「こーとーりー」

「はやっ……」

布団に背中から倒れ込んだ。すると「あ、ツバキさん。今日も暑いですね。ウォーキングですか、いいですね。俺も今度一緒に歩いちゃおうかなぁ」などと聞こえてくるではないか。

「いつの間に仲良くなってんのよ」

さっきまであんなに際立っていた蝉の声も、一瞬で騒がしい声にかき消された。窓から顔を出すと、隼人が人懐こい満面の笑みを弾けさせる。こうして見ると大型犬みたい。ばふばふと鼻息荒く飼い主に飛びかかる愛嬌たっぷりな犬と眼下の隼人が重なって、思わず苦笑する。

「下りてきて」

早く早く、と手招きされて、適当に着替えを済ませて階段を駆け下りた。

「なんでこんなに早いんですかっ」

「ん？　朝に迎えに行くって言ったじゃん」

「それはそうだけど、こんなに早いなんて聞いてないというか」

「でも、この島の人って起きるの超早いじゃん。民宿から見える港なんて、まだ薄暗いのに結構人がいるんだぜ」

それは漁師さんだからでしょっ。

だが隼人の格好がエメラルドグリーンにパイナップル柄という、やたら浮かれたアロハシャツと半ズボンだったのもあって、朝早くから家に突撃されたことへの文句や不満は霞《かす》んでしまった。

「ことり、スマホ解約しただろ。連絡先わかんねぇから、来るしかないでしょ。ちなみに朝早いのは他にも理由があるんだよ。ほら、これ」

「クーラーボックス？」

隼人が肩から下ろしたクーラーボックスには、名前もわからない魚が四尾入っていた。

「釣った、とか？」

「まさか。まだまだ俺にはこんな立派なのは釣れないって」

確かに釣り道具などは持っていないようだ。背中には相変わらず楽器ケースがくっついているが。

「海、海行こう」

「待ってください。朝ごはんもまだだし」

「だから、その朝ごはんだよ」

事情がわからない私が首を傾げると、クーラーボックスを叩く。

「これ、焼いて食うの」

「うん、無理だな！」

「え、嘘、嘘でしょ」

白鷺地区の端まで連れてこられ、原始的な火おこしに挑戦する隼人を眺めて三十分が過ぎた頃、手のひらで回転させていた木の棒を放り出して立ち上がった。

「魚……焼いて食べるって」

私の朝ごはん、どうしてくれるのよっ。

もう何度目かわからない、お腹の虫が限界の声を上げた。私も泣きたい。まさか魚を焼くのがこんな方法だったなんて。

「こっちも持ってきてんだよね」

秘密兵器〜と言いながら出したのはライターだ。

「最初からそっちでやれば……」

しまった。さすがに気を悪くするだろうか。だが隼人は気にもしていない様子で、「最初から頼っちゃつまんないだろ」とライターを軽く上に放り上げて、キャッチする。

「つまんないって――」

原始的な火おこしで使う予定だった木くずにライターであっさりと火を点け、クーラーボックスに入っていた魚（キスという魚らしい）に塩を塗り、串に刺して焼いた。

さっきまでの時間はなんだったのかと呆れながら、帽子の鍔《つば》を摘まんで深くかぶる。

隼人は子供みたいな眼差しで、ぱちぱちと皮が弾けて焼けていくキスを眺めていた。

誰もいない浜辺に、魚の焼ける香りが漂い、白い煙を伴いながら青空へと昇る。境界線が曖昧《あいまい》な空と海の間に、ぼんやりと淡い水平線が緩やかな弧を描いていた。

「この魚、どうしたんですか？　それに塩とかライターとか。煙草《たばこ》、吸ってるの見たことなかったから」

隼人は口の端からこぼれ落ちそうになった白身を中指で押し込む。

「ここで知り合った人に貰った。俺はウクレレ弾いてたんだけど、兄ちゃん相変わらずへったくそだなあって言われて、そっから仲良くなった」

「へたくそって言われて仲良くなれるものですか」

「だって本当のことじゃん」

ひひっ、と笑うと楽器ケースの蓋を開け、ウクレレを見せてくれた。

「俺、嘘とか苦手だからさ。基本的に馬鹿じゃん？　だから嘘を嘘って見抜けないっていうかね。だから正直に言ってくれる方が安心するんだよな」

妙に納得した。でもそこで頷くのも隼人の言う「馬鹿」を肯定する気がして「そうなんですか」と薄く笑うしかできなかった。

「ことりはもうバイトとかやってんの？」

「いえ……何も」

自分で言っておきながら、虚しくなる。働きもせず、実家で時間の感覚もろくにないままに暮らしているなんて、世間的には印象は最悪だろう。島だからって働き口がないわけじゃない。小さいがスーパーもコンビニも、ホームセンターだってある。チェーン店はないが、一応飲食店もある。店の入り口に従業員募集の張り紙を見かけることもあるが、そこに電話をかける勇気がなかった。

ミツさんの弁当屋みたいな職場がそう簡単に見つかるとは思えない。また一から人間関係を構築して、誰かの顔色を窺いながら仕事をする気力がない。

「ことりはさ……こっち来てから楽しい？」

楽しいわけない。普通はみんな、あのビジネス街の人たちのように働いている。みんなが社会を動かす歯車になっていて、彼らが作り出した仕組みに、私はただ甘えて生きている。ここ最近は、世の中から取り残されたような疎外感さえ覚えてしまう。

「まぁ……それなりに」

弁当屋の日々が懐かしい。忙しいビジネス街の人たちは店員の私に深く関わってこないし、ミツさんは優しい。なのに、この島ではこちらが避けても相手から寄ってくる。私が島に帰ってきたことも翌日には知れ渡っていた。

私と母と父のこと、この島ではどれほどの人が知っているのだろう。すぐにでも離婚すれば良かったのに、私がいることで必要以上に長く苦しむことになったのだ。私は母の人生においてお荷物でしかない。今だって恩を返すどころか、職もなく家で寝て食べるだけの生活をしている娘のことを、この島の人たちはどんな目で見ているだろうか。

隼人は「そっか」と、キスの背中にかぶりついた。

「俺も、朝起きてミツさんの様子を見に行ったり、日雇いのバイトで一日終わってたわ」

きっとミツさんは安心しただろう。それに加えてちゃんと働いているのだから立派だ。

「まぁ、先週からヘルパーさんに来てもらってるし、もう俺が手伝うこともなくてさ」

「へぇ」と今度は私がキスの尻尾《しっぽ》近くにかぶりつく。小骨が頬に触れて、こっそり摘まんで捨てた。

キスは文句なしに美味しかった。淡白な白身の甘味を塩が引き出す。ぱりっと焼けた皮が芳《こう》ばしくて、二人であっという間に四尾をたいらげた。

「おーい、ウクレレ君。魚は食えたかぁ」

火の後始末をしていると、私とそう歳が変わらないくらいの男性が手を振っているのが見える。

昔ながらの長屋の玄関前にいる男性と手を繋いでいるのは、彼の腰ほどにも満たない身長の女の子だ。鮮やかな赤色のワンピースの裾が、海風に丸く膨らんだ。

「食えたよー。旨かった！　ありがとー」

隼人が食べ終えた串を振ると、男性は満面の笑みで親指を立てた。女の子が男性を見上げて何か言って――私たちを指差した。あっちに行きたいとでも言ったのだろうか。手を繋いで向かってくる。

「おはようございます。君はえっと……あぁ、森野さんの娘さんだ。うちの船に乗ってたよね。確か春くらいだったかな」

もしかして船酔いしていた女性に付き添っていた船員さんですかと訊ねようとすると、隼人が先に「なんだ、知り合いだったんだ」と私と男性を交互に見た。

「小さい島だからね。特に森野さんはよそから越してきた家だから噂になってたよ」

こういうのが中学の頃は苦手だったんだ。表情に出ないよう、余計な感情に蓋をした。

男性は「僕は戸波《となみ》っていいます。こっちは娘のあかりです」と、厚みのある筋肉質な手で少女の柔らかな艶のあるおかっぱ頭を撫でた。

あかりちゃんの無垢《むく》な笑顔に、私も「よろしくね」と笑みを返す。私にとっては幻想のような父子の姿が眩しい。

父も、こんな人だったら良かったのに――

「じゃあ戸波さん、また」

「またね。森野さんも、いつでも遊びにおいで。さっきの長屋に住んでるんだ。あかりも、僕と二人の暮らしで退屈だろうから」

「はい。またね、あかりちゃん」

戸波さん親子と別れ、隼人の要望で白鷺地区を散策することになった。私としてはそんなに乗り気ではなかったが、せっかく観光で来ているのだから断るのも心苦しい。なんだか隼人の人柄に上手い具合に呑まれている気がする。

民宿や古い家が立ち並ぶ海辺の通りを抜け、田んぼに挟まれた広い道路の歩道を進む。前を歩くエメラルドグリーンのアロハシャツが、青空の下で海風にはためく。

「その服ってこっちで買ったんですか」

「ん？　そうそう。津久茂港の近くにある古着屋でね。手作りTシャツも売ってて、すげえ個性的でお洒落なんだぜ。店長さんに、背が高いし目立つから着てくれたら宣伝になるって言ってもらえたんだ。俺も気に入ったから何着か買ったってわけ」

隼人は「他の服は陽ノ江の民宿に置いてあるから、明日着てくるわ」と筋張った腕で額の汗を拭う。別に見せてもらわなくてもいいのだけど。というか、明日もまた来るつもりらしい。

隼人がサンダルにまとわりついた砂を振り払い、「暑いけど、本州よりマシだな」と前髪を掻き分けた。シルバーピアスが夏の陽を反射して、鋭い光を放つ。

ざあっと吹き抜けた風に田んぼの青い絨毯が、大きく、緩やかに波打った。むっとするぬるい風がポニーテールを揺らす。適当に信号を渡り、気ままに角を曲がり、誰もいない森林公園で蝉時雨《せみしぐれ》を浴びながら、瀬音に耳を澄まして歩いた。サンダルが、ぺたぺたと乾いた音を立てる。

「ことり、あの建物は？」

信号機の上で首を傾げていたムクドリから視線を剥がす。

隼人が指したのは、三つ先の信号機を左に入ってすぐのクリーム色の平屋だ。

「あぁ、公民館ですね」

玄関前のトタンの日よけの下に、十人以上の人だかりがしている。玄関には「白鷺公民館」と筆で力強く書かれた看板がかけられていた。

人だかりから、数人が会釈をして抜けていく。全員の顔が確認できるくらいまで近寄ると、玄関から黒いシャツにワイドパンツを穿いた母が出てきた。その隣に磁石が引き付けられるように並ぶもう一人の姿があった――ツバキさんだ。畠中さんもいる。

「あら、ことり……と、隼人君ね。こんにちは」

隼人が「どうも、こんにちは」と満面の笑みで挨拶をすると、畠中さんが「なんや兄ちゃん、ことりちゃんの友達やったんかいな」と私と隼人を見た。知らない間に島中の人と知り合いになっているのかもしれない。こうなってくると、私の方がよそ者みたいだ。

「ツバキさんも来てたんですね」

慣れた口調で隼人が聞くと、ツバキさんが「先週はお店を開けてて来られなかったからね」と肩をすくめた。

「お母さん、もう隼人の名前も知ってたんだ」

「一昨日ね。夜勤明けで帰るときに道端で会ったの。ことりちゃんのお母さんですかって。自己紹介くらいしかできなかったから嬉しいわ。お弁当屋さんの子でしょう」

「そうです。へぇ、話してくれてたんだ」

「……ちょっとだけですけど」

嬉しそうな隼人から、そっと視線を公民館へ移した。

「だってこの子から男の子の話を聞くの、隼人君だけだから。すぐわかったのよね」

「ちょ、余計なこと――」

「ったく、結局何も決まらねぇんじゃ、来る意味なんてなかったじゃないか」

ひと際大きい不満声を上げたのは、公民館から出てきた無精ひげを生やした大男だ。頭に巻いた紺の手ぬぐいには、荒々しい白文字で「居酒屋　塩梅《あんばい》」と書かれている。

「さっさと取り壊しちまえばいいんだ。置いてたって、こういうよそ者のガキの遊び場にされるんだからよ。好き勝手されるくらいなら壊しちまう方がいいってもんだ」

よそ者のガキとして無遠慮に指を差された隼人が「俺？」と私を見た。首を捻って母に視線を送ると、母は困ったように眉をひそめて苦笑する。

「やめぇや、チョーさん。この子はことりちゃんの友達や。悪い子やないで」

畠中さんが二十センチは背の高い大男――チョーさんの背中を臆《おく》することなく叩く。チョーさんはちらりと私を見ると、不満げに鼻を鳴らし「仕込みするから帰るぞ」と大股で去ってしまった。

ツバキさんも「気にしないのよ」と言ってくれたが、チョーさんとは全くと言っていいほど面識がないのだ。中学生の私など、居酒屋を経営する彼とは生活する上での活動時間は恐らく真逆だったはず。島の行事にも参加しないのだから「よそ者」の括りに入れられても文句は言えない。

「空き家の使い道、決まらなかったんだ」

すると母が答えるより先に、ツバキさんが「なかなかねぇ」と空き家の状況を教えてくれた。

白鷺地区の外れに、十年以上使われていない空き家があるらしい。元は民宿だったが、経営していた夫婦の旦那さんが高齢で亡くなり、現在の所有者である奥さんも、近いうちに施設に入るのだそうだ。

一時は取り壊す話も出ていたが、長年営んできた民宿が恋しくて、残せるなら残しておきたい、誰かに使ってもらいたいという奥さんの希望でこういう話し合いになっている。だが建物は築五十年を超えていて荒れ放題。観光客が廃墟はＳＮＳ映えすると言って荒らしてしまうらしい。

なので使うにしてもまずは大掛かりな片付け、そのあとは改修して……となると誰もそんな面倒なことは引き受けたくないのが本音なのだ。結局、二週連続でこうして集会を開いて利用希望者を募るも、誰も手を挙げず、お通夜みたいに頭を垂れる時間が続くだけだと言う。

「役場の洋食屋は早いうちに使い道が決まったのにねぇ」

「そりゃ、あそこは立地もいいし、何より役場だから」

「そうよ、綺麗だもん。あんなお化け屋敷じゃ――」

「あんた、そんな言い方やめなさいよ。民宿だった頃は賑わってて良かったのにね」

「日本一周してる人とか、老後の夫婦旅とかね」

「雰囲気もいいってんで、テレビの取材も来たよな」

「今となっては廃墟とか心霊スポットとして有名になっちまって」

「台風のたびに屋根が飛んでくるんじゃないかってヒヤヒヤするよ」

「ほんと、とんだお荷物よ」

「だから、そんな言い方やめなって……」

それぞれが言いたい放題して「俺はそろそろ失礼するよ」と誰かが言ったのをきっかけに「私も」「俺も」と解散し始めたそのとき――

「じゃあ、俺やります」

それまで何も考えていないような顔で眺めていた隼人が手を挙げた。

は？　いやいや、あなた完全に部外者でしょうが。

唐突な挙手に、開いた口が塞がらない。

「なんや、君はことりちゃんのとこに遊びに来よるだけやろ」

呆気に取られた島民の中から、最初に声を上げたのは畠中さんだ。

「まあ、そうなんですけど。でもこっちに引っ越してもいいかなって」

「……え？　そうなんですか？」

口が開きっぱなしの私に、隼人は「まぁね」と片方の口角を上げる。

「使い道があるならいいけど、あんなの君だけでどうにもできんだろ」

「そうよ。第一、何に使うの？　変なことに使われると私たちも困るのよ」

「そうだぞ。あれでも一応、人様の持ち物だから」

「こういうことは安請《やすう》け合《あ》いしないことよ」

とまぁ、当然ながら手放しで喜ぶ人などいない。みんなの顔を見ると、苦笑いをするか、難しい顔をするか、呆れ顔か。ベンチに座っている私と同じくらいの年頃の女性なんて、興味もないのか、暑いのか、ぼーっと顔を空に傾けながら目を瞑っている。

さすがの母も「みなさん、すみません。きっと彼も気を使って言ってくれているだけなんです」とぺこぺこ頭を下げる。だが、隼人は全く変わらない口調で言い、一歩前に出た。

「そこで店をやります。詳しいことはこれから決めますが」

そして、ふいに私と目を合わせたかと思うと。

「俺、ことりと一緒に店をやります」

「え、私？」

「な、ことり」


公民館を離れ、津久茂港まで来た私は、灯台がある堤防に腰を下ろした。

「はい、ことりの分」

「ありがとうございます」

自動販売機で買ってきてくれたサイダーを受け取る。火照った頬にペットボトルを当てると、ひんやりとして気持ちがいい。

たぷん　たぷん
コンクリートの堤防に寄せる波が甘やかな音を立てる。

「あの……さっきの話ですけど」

「あぁ、空き家の？」

私の隣に座り、足を海へと放り出す。サンダル履きの足を前後に揺らしながら、ゆっくりと深呼吸した。

「本当にお店を？」

「もちろん」

「私も？」

「そうだけど、嫌？」

隼人がサイダーの蓋を捻った。

ぷしゅっ！

爽快な音と共に、泡が透明なサイダーの水面に湧き上がる。

「嫌じゃないですけど……。でもそんな、自分の店なんて」

できるわけない、という考えしか浮かばない。高卒で就職した会社は数年で辞め、あとは弁当屋の厨房しかやったことがない。人付き合いも苦手な私が、自分の店だなんて。

「他に何かやりたいことがあったりする？」

「そういうわけじゃ、ないですけど。あまり目立つことはしたくないというか……」

「親父さんのことと関係ある？」

図星を指されて、ぎこちなく頷く。父のことは弁当屋を辞めるときに話していた。

隼人はサイダーのペットボトルを大きく傾けて一気に飲む。上下する喉は、てらてらと汗ばんでいた。

「ことりはそれでいいの？」

答えられなかった。島に戻った理由も父のことがあったからだ。考えもなしに「良くない」とは言えない。

「ことりの人生は、ことりのものだよ」

立ち上がり、パイナップル柄のアロハの腰に手を当てる。

「準備だけでも手伝ってよ。別に店はやらなくていいから。俺、この島のこと全然わかんねぇからさ。ことりがいてくれた方が助かるし」

それならいい？　と首を傾げる。

「まぁ、それくらいなら。力になれるかはわかりませんが」

「よし。じゃ、決まりなっ」

隼人が興奮気味に、残っていたサイダーを一気に飲み干す。

「本当にできるんですかね」

「そんなの、やってみないとわかんねーじゃん」

「まぁ、そうですけど」

はー、とゆっくり息を吐きながら、両手を後ろについて空を見上げた。白亜の灯台の周りを、とんびが悠然と旋回していた。

隼人にとって全く知らない土地なのに、その自信はどこから来るのだろう。

海風がそっと私の前髪を持ち上げる。

「海っていいよなぁ。悩みなんてぜーんぶ忘れちまいそう」

悩みなんてあるんだ。そんな言葉を呑み込み、「そうですね」とサイダーを口に含む。

「ミツさんの弁当屋は終わっちまったけど、また新しいことが始まるって思ったらわくわくするな」

私は越してきて何カ月も経つのに、ずっと同じ場所に留まり続けている。なのに隼人はもう次の一歩を踏み出そうとしている。二年間見てきた背中が、なんだか遠く、眩しいものに見えた。

「っしゃー、頑張るか！」

まるで不安なことなんて、ないみたいな横顔。

隼人が弾き始めたぎこちないウクレレの、お気楽で爽やかなメロディを聴きながら、小さな気泡が弾けるサイダーのペットボトルをじっと見つめていた。

第五話　ことりの台所

ごはんが食べられる店を作る。隼人がそう言ったのは、白鷺地区で「店をやる」と宣言した二日後のことだった。

いつもより涼しい気がする朝。三日ぶりの陽光がカーテンの隙間から差し込んだ天井に「今日か」と呟く。とりあえず空き家を見に行くから一緒に来て欲しいと言われ、白鷺地区の自治会長に日程を取り付けた。その日が今日なのだ。あまり気は進まないが、まぁ付き添いのようなものだ。そう言い聞かせて、重い体を起こす。

「ここ……ですか」

「そう。みんな、いろいろ言ってるみたいだけど、私は大歓迎よ」

白鷺地区の自治会長を務める長野《ながの》さんは、空き家を見上げて「あぁ、本当良かった」と繰り返しながら、麦わら帽子を目深《まぶか》にかぶった。

「ちょーっと中心地からは外れてるけど、民宿時代はそこそこ繁盛してたし、立地は問題ないでしょ。庭は広いし、裏庭には畑があるのよ。ここのご夫婦は家庭菜園が趣味でね。農業体験とか言って、宿泊客相手にイベントやってたの」

それにほら、と家の横に設置された木製の塀の前に手招きする。

「ここは縁側から楽しめる庭になってるんだけど。立派な紅葉でしょ」

樹高五メートルくらいだろうか。塀の向こうに青々としたイロハモミジの頭が見える。この民宿を始めた頃、夫婦で植えた記念樹なのだそうだ。だがそれよりもその周りの荒れ放題の庭が気になってしまう。これは……あまりにも酷い。

「思ったより、すごいですね」

私の本音を聞いていないのか、聞かないことにしたのか、長野さんはお構いなしに喋り続ける。

「いつから？　いつから使ってくれるの？　ある程度決まってるんでしょ」

悩みの種をさっさと手放したいのだという思いが、言葉の端々から漏れている。

無理じゃないですか？　そう隣の隼人に少しだけ体を寄せて囁く。

「いいっすね、めっちゃいいっす。はあ、夢膨らむわぁ」

えぇっ！　これのどこに夢を感じるのよ。

信じられない。だが隼人の表情は恍惚《こうこつ》そのものだ。嘘でしょ、どうする気なの。

本当に興奮しているのだろう。彼の瞳には、目の前の空き家が夢を叶えるに値するものに見えているのだ。私にはどう見ても、お化け屋敷なのだけれど。

女子高生みたいな丸文字で「猫が好き」と書かれたTシャツの背中が、より隼人の雰囲気をなんというか……あほっぽく見せる。文字の下で可愛らしい三毛猫が私に向かって笑いかけていた。猫の横には吹き出しで「なんとかにゃる」とまで書かれているのだから、もう何も言えない。

敷地自体は広々としていて、庭付きの平屋建て。ブロック塀で囲われた元民宿はトタンの一部が剥がれ、壁にはいくつものヒビが走り、光を取り込むための玄関の小窓は薄茶けて、小さな虫たちの死骸がへばりついている。割れた瓦が庭の隅に積み上げられ、SNS映え目的の観光客が強引に開けようとしたのか、玄関の引き戸は大きなズレが生じて枠の一部が歪んでいた。

「とりあえず入りましょうか」

長野さんと隼人を追いかけて、歪んだ玄関をくぐった。

「おー、あっついなぁ」

隼人が呻くのも無理はない。玄関の扉一枚で、まるで体感温度が違う。というか湿度だろうか。むせ返りそうな湿気が建物に充満していて、体中の毛穴をじとりと塞がれるような。息を吸うのも気が滅入るほど蒸し暑く、そして臭い。

四畳ほどの土間で靴を脱いで、ガラス戸を開けると、和室が縦に二つ。間の襖《ふすま》が取り払われ、奥行きのある二十畳の空間が広がっていた。

「ここは居間ね」

欄間《らんま》は竹林と鳥――鶴だろうか、翼を大きく広げた鳥が、中央の富士山に向かって羽ばたいている様子が彫られている。居間の奥には、色褪せた紺色の暖簾《のれん》がかけられていた。

「すごい埃ねぇ。これは掃除が大変だわ」

首にかけていた小花柄の手ぬぐいで口元を覆いながら、長野さんが顔をしかめる。

居間に入って右側は端から端まで障子で仕切られ、その向こうには縁側がある。縁側と庭を区切るガラス戸は紅葉模様がデザインされていた。

庭には外から見えたイロハモミジがある。周りには雑草が隙間なく生い茂っていた。ここを手入れするなんて……考えただけで気が遠くなる。

居間の左側は廊下になっていて、襖のある部屋が四つ並んでいた。玄関へ続く廊下の突き当たりにはトイレとお風呂があるようだ。

「すっげぇ、めっちゃ広い家じゃん」

隼人は四つ並んだ部屋のうちの、一つの襖を開けた。広さは六畳。他の三つの部屋も同じ作りだ。

黄ばんだ畳と、建付けの悪い網戸がはめられた窓、ツンとした臭いが鼻を衝《つ》く押し入れが一カ所。押し入れの中は、蜘蛛の巣が張り巡らされていた。

「あっちが台所ね」

長野さんが紺色の暖簾を手で払う。

「わぁ……」

もう感情が抑えきれそうにない。

「あはは、これは……ねぇ。まぁでも、昭和レトロっていうの？　リフォームでもすれば綺麗になるわよ、ねえ。きっと。多分」

長野さんは苦しそうに言いながら、最後に「ふふっ」と笑って誤魔化した。

窓のサッシは隙間があるせいで、玄関の小窓に貼り付いていたのと同じ小さな虫の死骸が無数に転がっていた。長年、そこに冷蔵庫が置かれていたのだろう、変色した軋む床板。がらんとした食器棚のガラス戸は木の葉の模様だ。

「うおぉ、換気扇が。ミツさんの弁当屋よりすごいかも」

隼人は相変わらず子供みたいなテンションで換気扇を下から覗き込む。茶色い油汚れがびっしり。元は白かったはずの枠も隅々まで黄ばんでいる。ガスコンロも、流しも、そこにあるもの全てが、この場所が過ごしてきた長い年月を物語っていた。

「持ち主の田畑《たばた》さんの奥さんには話してあるから。喜んでたわよ。家賃は一万円でいいって」

熱気と埃に満ちた家から真っ先に逃げ出した長野さんが、手ぬぐいで額の汗を拭い、噂話でもするように声を潜めながらまくし立てた。

「最初は五千円にしようなんて言うのよ。もうちょっと貰ったらって言ったんだけど、改修するならお金がかかるだろうからって。使ってもらえるだけでありがたいなんて言うんだから、本当お人好しっていうか、のんびりしてるっていうか」

民宿をやってたときからそうなのよ。宿代は安すぎるし、赤字なんじゃないかって私が言ってもね、夫婦揃ってへらへらしちゃって。そこがいいところなんだけど、おかげで建て直すお金も残らないんだから、なんのために商売やってきたんだかって話よ。それに比べたらツバキさんはまだちゃんとやってるわよね。まぁ、あの人はちょっと騒がしいっていうか、気が強いところもあって――

好き放題喋り続けた長野さんの口を止めたのはカラスだ。家の傍にある木に止まっていたカラスが、彼女の麦わら帽子のてっぺんに糞《ふん》を投下したのだ。

まさに糞爆弾。飛び散った糞の欠片は彼女の肩まで汚した。

ああもう本当やだ。ここはきっと変な気でも渦巻いてるのよ。前もバッタが顔面に激突してきたんだから。そうぶつくさ文句を言うと、

「じゃあもう帰るわ。とりあえず好きに使って。家賃は毎月ここに振り込んであげて」

と手提げ鞄から出した書類を隼人に押し付け、帰ってしまった。

「本当にやるんですか？　想像以上でしたけど」

乗客のいないバスに揺られながら訊ねる。隼人は不思議そうにスマホから顔を上げた。さっきから熱心に画面をスクロールしてはタップし、「ふうん」と鼻を鳴らして眉間に皺を寄せていた。

「俺には中止なんて選択肢はないよ」

「そうですか……」

そのために彼は先週引っ越してきたのだ。と言っても家を借りたわけではなく、戸波さん親子の家に住まわせてもらっている。あの廃墟を店として蘇らせたら、そこに

住むつもりらしい。だが、いざあの家を見てしまっては、その話も随分と現実味がないように思うが、大丈夫だろうか。

風の丘林道前。風の丘林道前です――

「ちょいちょい、ストップ」

「わっ、なんですか」

手を伸ばそうとした降車ボタンを、隼人の大きな手が覆い隠した。

「降りますか？」

運転手の男性がルームミラー越しに私たちを見ている。

「いえ、俺ら陽ノ江で降りるんで。すみません」

バス停を通過し、風の丘地区をぐるりと一周してから、循環バスは再び私の家の前を通り、坂道を下って大通りへと向かう。

「今日の用事は終わりですよね」

「いやいや。まだですよ、ことりさん」

足元に置いていたリュックから出した大学ノートと、厚みのあるバインダーファイルを膝に置いた。

「これから作戦会議」

バスは大通りを抜け、陽ノ江と書かれた看板の矢印に沿って走り続けた。津久茂商店街の入り口のバス停で下車し、隼人の背中についていく。商店街を進み、喫茶クラウンの扉を開いた。

「いらっしゃいませ。空いている席へどうぞ」

カウンターの向こうから声をかけてきたのは畠中浩二君だ。私と隼人は窓辺の、商店街が見える席についた。

「アイス珈琲で。ことりは？」

じゃあ私も、と言うと浩二君が「アイス珈琲、お二つですね」と頬を緩める。

「さて、ことりさん。作戦会議に付き合っていただきたいわけですが」

わざとらしい口調のまま、ノートとファイルを広げた。

「これ、自分で？」

ファイルには資料らしきものがある。店を開くために必要な書類、提出先一覧、設備や什器《じゅうき》一覧。

「まぁね。全然覚えらんねぇから、コピーしたりメモしたり。こういうのやってたら、すげえ賢くなった気がするわ」

「あれ、これって……『小さなカフェの作り方』にあったような」

ページを捲ると、見覚えのある店名が載っていた。姉妹で店をやっている、という内容も覚えがある。図書館で借りた本に同じことが書かれたページがあった。工務店をやっていた親のおかげで店を開けたとか、ここに書いてあるのと同じだ。

「店を開くまでの経緯とか役に立つ気がしてメモしてたんだよ。ってことは、ことりもこの本見てたのか」

しまった――

「お待たせしました」

いいタイミングで浩二君が珈琲を二つ運んできた。

「ごゆっくりどうぞ」

「ありがとな、浩二君」

「えっと……観光の方ではなかったですか？」

困惑した表情の浩二君。隼人が一方的に名前を知っていただけのようだ。初対面だというのに、すでに友達かのような声のかけ方。驚きを通り越して、ちょっと尊敬する。

「畠中さんが教えてくれたんだ。店のオーナーは浩二君で、俺の孫やーって言ってたよ」

浩二君が「そうなんだ」と苦笑した。

「俺は水島隼人。よろしくね。この子は森野ことり。白鷺地区の空き家で店をやるんだ」

「森野さんは中学卒業以来、だよね」

「あ、はい。覚えてくれてたんですね」

私は覚えてなかったのに――

「文化祭で一緒に舞台をやったから。ほら、白雪姫」

私は「あぁー、そういえば」と答えたけれど、あまり思い出したくない記憶だった。

白雪姫。私は小人たちが住む森にいる青い鳥の役だった。

もちろん脇役中の脇役。「ことり」という名前だからという単純な理由で、ろくに喋ったこともないクラスメイトに推薦された。セリフもない、主役たちが舞台の中央で晴れやかな衣装を着て演技する周りを、ちょこまかと小走りするだけの役だ。

「森野さんは青い鳥で、僕はリス」

隼人は「脇役仲間かぁ。羨ましいね」と茶化した。

「別にいい思い出もないんです」

開いたファイルの上に置いていた手で拳を握る。私は絵がへただ。そしてとてつもなく不器用だった。

何日もかけて黒い絵の具で羽を縁どり、青色で内側を塗りたくった。乾くのを待たずに黒い縁に沿って四苦八苦しながら羽の形に切り出し、なんとか完成してほっとしたのも束の間。傍にあった絵の具用のバケツをひっくり返し、羽の上にぶちまけてしまった。太く縁どりしていた黒い絵の具は青色と混ざり、汚い泥色が段ボールの羽を埋め尽くした。

本番前日のことだった。時間もない。劇の練習もしなければ間に合わない。作り直す暇も、余分な段ボールもなかった。とにかく乾かして、上から青色で無理矢理塗ったが、もちろん綺麗な羽の色になどなるはずもなかった。

「へぇ。劇自体は成功したの？」

「まぁ、一応。でも当時の私は、母親に買ってもらった赤いカチューシャを付けてて。それで赤いカチューシャに黒くて汚い色の羽を付けて出たものだから……」

　そこで嘆息して、ストローに口を付けた。浩二君が淹《い》れてくれた珈琲は、苦みが控えめで酸味も少ない、私好みの珈琲だった。舌に広がる珈琲の後味を感じながら、心の奥に仕舞い込んでいた苦い思い出を口にした。

「ハエって、呼ばれました」

「ハエ？」

「そう。赤いカチューシャがハエの目で、黒い羽がハエの羽」

　しかも、そのハエというあだ名は学校内どころか、外にまで広まっていることを、翌日ツバキさんに聞かされた。

　――ねぇ、ことりちゃん。ハエちゃんって呼ばれてるって本当？　本当なら酷い話よ、おばちゃんが学校に言いに行こうか。

「すみません、注文いいですか」

　他のお客さんに呼ばれて、どこかほっとしたような表情を見せた浩二君が「ゆっくりしていってください」と会釈して、壁際のテーブルへと向かった。

「まぁ、とにかく話を未来に戻すとして」

隼人が仕切り直すようにシャーペンを手に取った。

「料理を出す店にするなら、仕入れ先のことも考えないとな」

「どんなお店にするか、具体的には決めてるんですか？」

「いや。カフェでも、弁当屋でも、定食屋でも、なんでもいいんだけど。俺だってせっかく調理師免許を持ってるわけだし。ま、俺はもう本当にぎりっぎりだったけど」

手にしたシャーペンをくるりと一回転させ、「点数がぎりぎりだろうと立派な免許ですから」と、にひひっと歯を見せて笑う。

「同じく免許を持って、なおかつ経験もあることりが手伝ってくれたら助かるけどね」

「いや、それは……」

「ははっ、わかってるって。ごめんごめん。でも、この店みたいにお客さんが自然と笑顔になれる店にしたいよな」

ぐるりと店内を見渡し「ね」と私を見た。

「本気なんですね」

「俺はいつだって本気だよ」

厳しい現実を突きつけられても、前向きでいられる隼人が羨ましい。

それからは「小さなカフェの作り方」のようにとんとん拍子に事が進んで……とはいかないものの、隼人は事業計画を立て、島の工務店（これもいつの間にか隼人が友達になっていた。しかも飲み友達らしい）に、建物のリフォームを頼んでいた。

「でもねぇ、この予算じゃさすがに隼人君の頼みでも……きついねぇ」

というか無理だね、とヒラマサ工務店の平昌《ひらまさ》社長は渋っていたが、隼人は間髪《かんはつ》容れずに「できることは俺も手伝います」と申し出た。それならなんとかなるかもと平昌社長も引き受けてくれたのだ。

そういうわけで、なぜか私まで引っ張り出されて九月の頭から工事に参加した。

畠中さんに借りた草刈り機で雑草を一日かけて一掃し、外壁の塗装は職人さんに教えてもらいながら隼人が頑張っていた。窓や玄関の修理は職人さんに任せ、私たちは和室の掃除に明け暮れた。ハタキで長押《なげし》を払うと埃が舞い上がる。ぼわあと埃が光を浴びて星屑《ほしくず》のように濛々《もうもう》と舞う光景があまりに絶望的で、「わぁ綺麗」なんて抑揚のない声で独り言ちた。

「畳は張り替えるとして。台所の床も替えた方がいいね。あちこち腐ってるし」

踏むとふかふかする台所の床板に、隼人は「もったいない」とこぼす。

「どうしてもって言うんなら、一部だけ張り替えよう」

平昌社長の提案で、重い物をのせるところを中心に張り替えが始まった。

職人並みに忙しく作業に入る隼人だが、大掛かりな作業では私は役に立たない。特にやることもないが、忙しそうな様子を前にしては帰るに帰れない。

「ことり、ノートに保健所の連絡先が書いてあるから電話してもらえない？　詳しいことはそこに書いてあるから」

ノートにはこれから提出しなければならない書類も挟まっていた。ノートを頼りに、工事終了予定日に来てもらえるよう保健所に連絡を入れた。この家の内装が営業許可が下りる基準を満たしているかを見てもらうためらしい。

ぱらぱらページを捲ると開業資金についても書かれていた。この予算で工事を頼んでたんだ……。そりゃあ必死に工事に参加するわけだ。

その日の作業を終えた私たちは、喫茶クラウンにやってきた。

「準備、進んでるみたいだね」

浩二君が王冠マークの紙コースターにミルクティーのグラスをのせた。

「おう。毎日手伝ってるとめっちゃ愛着湧いてくるんだよ。最初は金がないから仕方なく手伝うって感じだったけど、むしろやっといて良かったたって思うわ」

隼人がアイス珈琲を吸い上げる。私の方のグラスにたっぷり入ったミルクティーは、甘すぎず、まろやかな味わいだ。

「それはお店用のノート？」

浩二君のしなやかな指先が隼人の手元を指した。

「そう。店で作る料理でも考えようかと思って。仕入れ先も決めなきゃなんねーし」

「大丈夫なの？　その……」

急に表情を曇らせた浩二君の声が小さくなる。

「チョーさん――いや、何も聞いてない？」

「何が？」

私と隼人の声が重なる。

「あぁ、いや……、聞いてないならその方がいいから」

「ちょっと待てって、なんだよ」

「本当、なんでもないから」

そう言うと、ごゆっくり、と逃げるようにキッチンへと消えてしまった。


十月十五日。

古民家をぐるりと囲っていたブロック塀が撤去され、代わりに設置された、腰ほどの高さの木製の柵の前に立った。

「すごい。本当にすごいです……」

無法地帯と化していた庭は、イロハモミジが本来の美しさを取り戻した。葉を通した繊細な陽光が古民家に光の粒を降らせる。玄関横には、元から生えていたコスモスが可憐なピンク色を添えて、ここはもう廃墟でもお化け屋敷でもない。

まさか島中の人が頭を抱えていた問題物件がここまで息を吹き返すなんて、誰が考えただろう。工務店の平昌社長も「うちが手掛けた案件の中でも傑作だ！」と目を爛々《らんらん》とさせて写真を撮りまくっていた。

ここにお客さんが来るんだ。のんびりくつろいで、美味しいごはんを食べる。そんなお店――

ミツさんのお店に来てくれていた常連さんたちの顔が浮かぶ。私が作るお弁当を、いつも美味しいよと言ってくれた人たち。

一日厨房に立ち続けてくたくたのはずなのに、心が満たされる気持ちのいい疲労感。

「じゃあ、一緒にやろうよ」

店を見上げる隼人に、私は「でも……」と俯く。

「親父さんのこと、やっぱり気になる？」

「……はい」

「そっかぁ」

隼人の声を秋風がさらう。でもさ、と続けた明るい声色が、心に揺蕩《たゆた》う負の感情をそっと拭い去った。

「この島にはことりのお母さんもいるし、畠中さんや浩二君たちもいる。それに、俺もいるんだから平気だよ」

自信満々に張った胸を力強く叩いた。

「うん……」

「前も言ったけど、ことりの人生はことりのものだよ」

「そう、だね」

言って、ハッとした。慌てて「そうですね」と言い直す。

「あははっ。いいって、俺はずっと敬語やめて欲しかったから、今のめっちゃ嬉しかったし。もうそのままいこう。敬語禁止！」

「は――う、うん」

「よしっ。じゃあ、改めて聞きたいことがあります」

正面から真剣な眼差しを向けられて、逃れるように視線を右へ逸らす。

「ことりはこれから、自分の人生をどうしたい？」

私は――

「お父さんに振り回される人生なんて、もう嫌」

「うん。そうだよな。あのさ」

隼人が古民家を見上げて目を細める。

「この家、いいなって少しも思わなかった？　ここで店がやれたらって思わなかった？」

「……思った」

すると隼人が「だよな！」と胸の前でガッツポーズ。ちょっと待ってて、と家の裏に駆け出すと、麻紐の付いた木の板を頭上に掲げて戻ってきた。

「じゃーんっ！　店の看板だよ」

「青い、鳥？」

そこに描かれていたのは、この島から見える海みたいなコバルトブルーの綺麗な青い鳥だった。その上は不自然なほど広い余白がある。

「いやぁ、無駄になるんじゃないかってヒヤヒヤしたわ！」

良かった良かった、と看板を愛《いと》おしそうに撫で回した。

「ことりはこの店に名前を付けるなら、どんなのがいい？　ことりの店だとしたらさ」

この家の見学に来た日を思い出す。荒れ放題の古民家。だがそこは、民宿を営んできた夫婦の時間が積み重ねられた、大切な場所なのだ。かつては賑わっていただろう居間と、廃墟となってからは静まり返り、寂しげに息を潜めていた台所。

幼い私には持てなかった団らん。穏やかな人たちと築いた幸せなぬくもりの欠片がここにはあるような気がした――

「家みたいなお店にしたい。レストランとかカフェじゃなくて、実家に帰ってきたみたいなお店。私はあの台所でいろんなお料理を作って。ここが私にとっても家になったらいいなって……思う」

隼人は黙ったまま頷く。その真っ直ぐな眼差しに見つめられても気にならないほど、今の私はこの生まれ変わった古民家に未来を見ていたのかもしれない。

「ことりの台所……とか」

「いいじゃん、うん。めっちゃいいよ。それで決まり！」

「え、本当にいいの？」

「もちろん。俺も気に入ったし。ことりの台所。よしっ」

そう言うともう一度裏に戻り、白いペンキと刷毛《はけ》を持って戻ってきた。

ことりの台所

青い鳥の上の余白に、アーチ状になるように書いた看板。その麻紐を入り口の柵の出っ張りにかけた。

「おっしゃー！　これで完成だ！」

イワシ雲の漂う空に歓声が響き渡った。

「ん？　おっ、来た来た」

アロハパンツのお尻のポケットから出したスマホを耳に当て、溌剌《はつらつ》とした挨拶をする。

「はい、はい。そうです、リフォームは終わりました。仕入れの件ですよね。え？　いやいや、どういうことですか？　は？　おい、ちょっと待てって。おかしいだろ。ふざけんじゃ――」

「隼人っ」

はっとしたように冷静さを取り戻した隼人が、ゆっくり深呼吸する。

「……失礼しました。わかりました。でも、少し待ってください。今日、直接お伺いしてもいいですか。申し訳ないです。はい、二時に伺います。よろしくお願いします」

通話を切ったスマホに視線を落としたまま、首を捻る。

「うちの店には食材を卸せないって」

第六話　ことりと豆苗、再び

「ええように思わん人間もおるっちゅーこっちゃ。そない気落としなや。隼人君もよう耐えたわ。一言も文句言わんかったんか」

陽ノ江地区の水産業者の事務所から出たところで、畠中さんがクーラーボックスの肩ベルトを掛け直す。

「言わないですよ。でも岩城《いわき》さんが理由あって断ってるならまだしも、あんなふうにただの偏見で言われるのは納得できないです」

いわき水産の岩城社長に会いに来たのだが、事務所の受付カウンターに居酒屋・塩梅のチョーさんが仁王立ちで待ち構えていたのだ。岩城さんはその後ろで「ごめんね」と口をぱくつかせていた。

「島のことわかっちゃいねぇよそ者が商売なんて馬鹿げてる」

というのがチョーさんの言い分だった。隼人が説得しようとしても全く聞く耳を持ってくれない。挙句の果てには、「他の人間に当たっても無駄だからな。この島の誰も、お前らが店をやるなんて納得してないんだから」と言うのだ。

岩城さんが何か言おうとしても、チョーさんの凄みに圧されて、結局言葉を呑み込んでしまう。

あまりに一方的な物言いに隼人も怒るのではと思ったが、「今日は帰ります」と一礼して事務所を出たのだ。

「まぁでも、文句は言わない。言わないっす」

そう力強く頷いた。

「もしかして、俺が怒ると思った？」

「うん。電話のときも……あれだったから」

畠中さんを視線だけで見遣り、口ごもる。

「あのときは俺もびっくりしたからな。でも、島の人たちと仲良くなりたいし。こんなことで関係をぶっ壊したくねぇ」

「兄ちゃん、えらい！」

「おわっ――うっす。ありがとうございます」

隼人の手を取り、「いやぁ、ええ奴が来たわ」と背中を強めに叩く。

「浩二と友達になってくれんか。隼人君みたいな子やったら元気貰えるわ」

「浩二君？　俺、もう友達ですよ」

「なんや、そうかいな！　あぁ、嬉しいなあ。チョーさんには悪いけど、俺はあんたら応援しとるからな。頑張るんやで。おっちゃんができることなら、なんでもしたるから」

畠中さんは、あぁ、ほんま嬉しいなぁ。ほんなら今日は帰るわな、と上機嫌で釣り竿を肩に担いだ。

「いただきます」

大葉と大根おろしがのった豆腐ハンバーグをひと口。

「ん、美味しい」

ポン酢の風味と大葉の爽やかさが、淡白な豆腐ハンバーグと相性抜群だ。母の豆腐ハンバーグは柔らかく、しっとりしている。お肉よりも豆腐の割合の方が圧倒的に多い節約料理だ。子供の頃は大葉を抜いた状態で食べていたが、大人になってからはこうして大葉ありで食べるようになった。

「お店は順調なの？」

「うん、まぁね。今日、完成したお店に行ってきたよ」

「良かったわねぇ。お母さん、楽しみだな」

喜ぶ母の目を見ることができなかった。食材を仕入れられないで、どうやって開店するのか。何より隼人が気の毒で仕方ない。引っ越してまでリフォームに注力したのに、開店すら危ぶまれるなんて。

「お母さんにできることがあるなら言ってね」

「うん。でも大丈夫だよ」

「お店の宣伝なら、チラシ配りもやるわよ。お手伝いだってできるし」

「何言ってんの。仕事も大変なのに」

「平気よ、平気。ことりのためなら、お母さんなんだって――」

「大丈夫だからっ」

大きな声で遮られた母が、驚いた表情になる。

ご、ごめん。私は慌てて口にして、麦茶を流し込んだ。

「あぁ、そうだ。ことりって豆苗は食べられるんだっけ。ほら、あれ結構癖あるでしょ」

話題を変えてくれて、ほっとした。喧嘩がしたいわけじゃない。母の気持ちも迷惑なわけじゃない。それは絶対に。

「食べられるよ。一人暮らしのときも、よく食べてたし」

無理して口角を上げる。そうすると母も安心したように笑顔になる。不思議と少し気分が軽くなるような気がした。

「そう、良かった。冷蔵庫に豆苗があるから。明日にでも使って」

母は味噌汁を飲み、蓮根のきんぴらに箸を伸ばす。

「わかった。なんか――」

私も蓮根を頬張った。シャキシャキの歯ごたえがたまらない。

「どうしたの？」

「ううん、なんでもない」

こぼれた笑みに母が不思議そうな顔をしたが、なんとなく恥ずかしくて言えなかった。

人と食べるごはんって、やっぱり美味しいな——

翌日の六時三十分。私の朝が始まった。母のエプロンに袖を通し、肩甲骨まで伸びた傷んだ髪を結ぶ。

さて、なんて呟きながら冷蔵庫を開けた私の手は、迷わず豆苗の袋を掴んだ。あとは半端に残ったほうれん草。ウインナーと一緒にスープにしようか。それなら玉ねぎと人参もあった方が美味しいかな。

思いついた食材を包丁で刻む。母はウインナーは丸ごとが好きだから、そのまま入れよう。オリーブオイルを熱した鍋でさっと具材を炒めてから水を入れる。コンソメと塩ひとつまみ、胡椒を振り入れる。よし、味見を——あぁ、いい感じ。

鳩の声が聞こえる。朝になるとよく聞くこの独特な声の主が鳩だと知ったのは、大人になってからだ。

ほーほーほっほーう。

どういう意図があってこの声で鳴くのか。鳩はぽっぽじゃないのか。大人になっても知らないことはあるものだな、なんて考えながら豆苗にざくり、と包丁を入れた。

「これは……」

一瞬考えて、トレイに水を張って豆苗の下部分を浸けた。今度こそ成功するだろうか。

小分け冷凍してあった豚肉と豆苗を炒める。醤油に手を伸ばして、やっぱりやめた。塩と胡椒でシンプルにいこう。

「お母さん、ごはんだよ」

「ありがとう。すぐ行く」

洗面所から出てきた母は、「あら美味しそう」と小さく拍手しながら座布団に座った。

朝食を済ませ、母を見送り、流しに溜まった食器に水道水をかける。

「ふぅ」

目の前の開けた窓から見える、ブロック塀に囲まれた小さな庭。二週間前の朝に草むしりをしたはずのその場所は、もう雑草たちが伸び放題になっていた。

あの家の庭も、小まめに手入れしないと駄目なんだろうな。

かちゃかちゃと食器の音が鳴る。スポンジから小さな泡がいくつか飛び散って、顔の前をふわふわと浮遊した。

「まさか本当にお店をやることになるなんて……」

この島に戻ったときには考えもしなかったな。あんなにも父のことが一番に頭に浮かんでしまっていたのに、隼人がいると不思議とその不安が少し和らぐ。

あのぼろぼろの古民家をあそこまで再生させ、店を始めるために必要なことを全て調べ上げ、開店までこぎつけた行動力と前向きな姿をずっと見てきたからだろうか。

隼人といると、父のことよりも私も前に進みたい、自分の人生を生きたいと思えてしまう。

スポンジを置いて、泡だらけの食器を流していく。最後の一枚のお皿を水切りラックに立てた。

手を拭いて、ふと食器棚の横に貼られたカレンダーの赤丸が目に入った。

十一月一日。開店日。

仕入れ先が見つからない。まさかスタートからつまずくなんて。

「ことりちゃーん」

「えっ——隼人、何してるの」

「おはよー」

「大声はやめて、恥ずかしいから！　ちょっと待ってて」

大人しく待っててよ！　と付け足して大急ぎで玄関に向かった。

「今日は約束してなかったのに」

「約束してなくても来るに決まってんじゃん。開店日までもう日にちもないのに」

開店を前にして大きな問題があるというのに、隼人はどこか吹っ切れたかのように晴れ晴れとした表情だ。声も溌剌。津久茂島に引っ越して以来、一番元気なんじゃないか。悩みなんてなさそうな能天気面で、手元のビニール袋を覗いてはへらへらしている。

どこで借りたのか、荷台まである。土袋や肥料袋、プランターがいくつも重ねられていた。

「もしかして、畑でもやるつもり？」

荷台を見下ろす私に、隼人が「大正解」と指で丸を作った。

「ほら、スナップエンドウの種。こっちは小松菜、そら豆、カブ。来月には玉ねぎの苗も植える予定。ま、初心者だから成功するかは保証はできないけど」

「こっちのプランターは？」

「タアサイとかバジルとか。イチゴもいいよな。店の前に置いたら可愛いし」

金髪、シルバーピアスが光るこの男に「可愛い」なんて感性があるのか。ギャップに眩暈《めまい》がしそう。

「悪いけど、生き物を育てるのは苦手なの。植物もあんまり。上手く育てられないし、枯らしちゃったら可哀想だもん」

植物だって生きているのだ。喋れなくても生きている。私が手を出したせいで枯らしてしまうかもしれない。その点、豆苗は一度食べて捨てる予定のものを再生させているだけだから、少し気が楽なのだけど。

「そんなの知識も経験もないんだから当たり前じゃん」

何言ってんの？　と目を丸くしながら言ってのけた。

「とりあえずさ、このままうち行こう。うちっていうか戸波さんの家だけど。今日これから戸波さんが仕事で、俺があかりちゃんの面倒を見る予定なんだよね。黒糖饅頭も買ってきたんだ。みんなで一緒に食べよ」

ほら、早く早く。急かされるまま家に戻り、ショルダーバッグだけを掴んで家を出た。


「お姉ちゃんだぁ」

「あかりちゃん、おはよう」

白鷺浜を望む長屋の玄関を勢いよく開けたあかりちゃんが隼人に飛びついた。

「お兄ちゃん、おかえりっ」

「ただいま。あ、戸波さん。もう出ますか」

玄関で靴に足を入れていた戸波さんが、つま先で地面を小突きながら「うん。いい時間に戻って来てくれたよ」と使い込んだグレーのトートバッグを肩にかけた。

戸波さんを見送り、家に入った私たちは最初に黒糖饅頭を頬張った。もっちりとした皮と、甘いこしあんが美味しい。

「そういえば、あかりちゃんって何歳なの？」

黒糖饅頭で口いっぱいのあかりちゃんが、懸命にもぐもぐし始める。

「いや、ごめんね。飲み込んでからにしよう。喉詰まるから、ゆっくり食べて」

するとと今度は手のひらを開いてみせた。

「五歳なんだ」

私がまだ父と暮らしていた年頃か——

あかりちゃんが、こくりと頷く。黒糖饅頭が大好物だという彼女に、隼人が「俺のも食べていいよ」と勧める。

「ううん、お兄ちゃんが食べて。お勉強頑張ってるから」

「お勉強？」

訊ねると「そ、勉強してるんだよね」と隼人が隣の部屋から本を抱えてきた。野菜作り辞典、やさしいハーブ作り、ハーブ図鑑。堤防釣りガイドブックなんてものもある。

「図書館で借りてきたんだ。返さないといけないから、必要な情報はノートにまとめた」

渡されたノートは三冊。表紙には、畑、ハーブ、釣り、とマジックで書いてある。

「仕入れができないなら、他の方法を考えるしかないだろ。畠中さんと戸波さんが釣りを教えてくれててさ。畠中さんは使ってない農具をくれるらしくて。ほんと、感謝だわ」

それでも初心者にこんなことができるのだろうか。開店時期を遅らせてもいいんじゃないかと言ってみたが、すぐに却下された。

「やるって決めたら予定通りやる。上手くいかないかもしんねーけど、それはそのとき考えるよ。やってみなきゃわかんねーじゃん」

「わかんねーじゃん」

　隼人と同じように胸を張るあかりちゃん。

　やっぱり無茶だよ――

「一人でも応援してくれる人がいるなら無論、やるっきゃないね」

「ないね」

　あかりちゃんが、親指で鼻を拭う仕草まで真似をした。

　その日から無謀とも思える畑作りが始まった。裏庭の畑で畠中さんから指導を受けながら鍬《くわ》を振るう隼人の様子を台所の窓から窺い、休憩にお茶とお菓子を運ぶ。種を蒔《ま》いて、水を撒《ま》く。本当に上手くいくのだろうか。

　開店まで二週間。同じ頃、喫茶クラウンで珈琲を飲みながら二人で考えた手作りチラシを島中に配り歩いた。

　チョーさんにはもちろん受け取ってもらえなかった。塩梅の常連にも断られるかと思ったが、声を潜めて「内緒ね」と受け取ってくれた人もいた。

　いよいよ始まるんだ。私たちの店――

十月も残り三日のよく晴れた朝。台所で小さくガッツポーズを作った。

私が育てた豆苗が、初めて収穫に成功したのだ。

第七話　ことりの台所、開店

さく、さく、さく――

生い茂る枝葉の隙間から覗く空は群青に沈み、ちらちらと星が見える。

朝五時過ぎの津久茂島は静まり返っていた。ぴんと張りつめた冷気が頬を撫でて、首をすくめる。薄手のカーディガンのポケットに両手を隠した。

昨日スーパーで買った食材の入ったエコバッグの重みが、腕の脂肪に沈む。スニーカーの裏で擦れ合う細かな砂利を感じながら、黙々と未舗装の道を歩き続けた。

凪の丘地区から白鷺地区に出るには、この林道を通るしかない。他の住人はバスやタクシー、電車を使っているようだが、少しでもお金は節約したい。まぁ、こんな早朝ではどの交通機関も動いていないので、選択肢はこれしかないのだけど。

息を切らして林道を抜けると、森林公園の黒いシルエットが見えた。

「いよいよ、か」

リュックのショルダーベルトを握る。静謐《せいひつ》な空気に、緊張の色を滲ませながら、店へ続く通りへと踏み出した。

虫の声もしない。点滅し続ける信号機の明かりと、三、四十メートル間隔に設置された電柱の街灯が足元に白い光を落としていた。

十一月一日。今日はことりの台所の開店日だ。

私たちの店は白鷺地区の西の端に位置する、森を抜けた先にある。

森といっても木々のトンネルのような、距離も短い小さな森だ。さっき私が通った林道とは違い、きちんと舗装されている。歩道もガードレールも整備され、店までは一本道なので観光客が来ても迷うことはないだろう。

森を抜け、白み始めた空の下に、古民家と山の稜線が浮かぶ。あの山の反対側は星野地区だ。

隼人との約束は六時。まだ少し早い。

今日の予定としては、私は開店前に店の周りの掃除。隼人は陽ノ江の市場に買い出しに行くと言っていた。

いわき水産から仕入れられたら良かったが、断られてしまってはどうしようもない。とにかくスーパーや市場に買いに行くなどして、当面は乗り切るほかない。隼人の野菜は、開店に間に合うはずもないのだから。

店に近付くと古民家を囲う柵の外に、何やら黒い大きな塊が落ちている。いや、倒れているのか。

え、人……じゃないよね？

薄暗いせいでよく見えない。恐る恐る「黒い大きな塊」に近付いていく。

「ぎゃっ」

黒板を爪で引っ掻いたような悲鳴を上げてしまった。ホラー映画なんかでは、きゃー、なんて叫ぶが、実際に恐怖場面に遭遇すると、全く可愛げのない声が出るらしい。

「うおっ⁉　なんだ、ことりかよ」

隼人だった。道の真ん中に大の字になったまま、固まる私を見上げている。

「なな、何してんの」

よいしょ、と腹筋で起き上がると、ジャージのお尻を手で叩いた。頭にもいっぱい付いてるよ。私が後頭部を指すと、まじで？　あはは、なんて笑いながら後頭部も叩いた。ぱらぱらと砂利が落ちる。

この男、まさかここで寝ていたんじゃ。あり得る。

「道の真ん中で寝るって憧れない？　ほら、この辺りは民家もないから車も通んねぇし、やりたい放題でしょ」

「そ、そういうものかな……」

「せっかく早起きしたし、空が明るくなる瞬間を見てみたいなぁって。昔からそういう願望はあったんだけど、いつも気付いたら明るくなってたんだよな」

　小学生か――

　見た目はこんななのに。本当、よくわからない人だなぁ。

「とりあえず、私は庭の掃除するね」

「いやいや、ちょい待ち」

「わっ、何⁉」

　開けようとした玄関の引き戸を隼人が押さえた。

「まずは朝ごはん。腹が減っては戦はできぬ」

「でも市場に行くんじゃ……」

「行くよ。だから俺はもう食べた。おにぎり、ことりのも用意してあるから。まずはそれを食べること」

　距離が近い隼人のせいで、頭が真っ白になる。身動きがとれない私に変わって、腹の虫が返事をした。

「も、もういいかな。おにぎり、ありがとう。それじゃ私は家に入――」

「駄目」

　なんなのーっ！

心で叫びながら、目を白黒させる。近い！　距離が近い！　前髪の生え際に冷や汗が噴き出す。隼人は手で扉を押さえたまま、見て、と視線を空へ向けた。

「朝日だ」

その横顔が白い陽光に照らし出される。寝起きのせいか乱れた金髪と、鼻筋の通った端整な顔立ちが、眩しそうに目を細めながら微笑んでいた。


「よし」

店の看板を柵にかけ、青空に深呼吸する。青い鳥――。トラウマでしかなかった中学の苦い記憶が、こんな素敵な店のロゴになるなんて。心の奥深くできつく絡まっていた糸がするりと解けるような感覚。鮮やかな青を指で撫でると、頬が緩むのがわかった。

ここまで、不安しかなかった。もちろん、今も悩みは尽きないけれど、この選択肢は間違っていなかったのかも――そんなふうに思える。

「ここが、これから私の居場所になるのかな」

天気は快晴。十一月の空も、開店を祝福してくれているのかもしれない。

「ことりー、メニュー用の紙ってどこにあったっけー？」

家の中から隼人に呼ばれて、足早に玄関へ向かった。

「これ書くの忘れてたわ。えっと、ごはん、味噌汁。あぁでも豚汁になることもあるんだよな。ごはんだって日によって変わるし。んー、どう書こうかな」

居間のテーブルに座った隼人は、顎に手を当て、さらさらと色鉛筆を紙に滑らせる。

私は台所に立ち、浸水しておいたごはんを土鍋に入れて火にかけた。

「うっしゃ、できた。額に入れて壁にかけとくよ」

はーい、と返事をしながら洗い物を済ませる。米味噌のいい香りと、土鍋から漂う甘い香りが、昔ながらの台所を隅々まで満たしていく。

腐っていた場所だけを張り替えた床板は、食器棚の辺りは特に軋む音がする。だがこの音がまた、古い台所に馴染んでいた。この時代には珍しい緑色の冷蔵庫は、ツバキさんに教えてもらった陽ノ江のリサイクルショップで見つけたものだ。オーブンレンジ、トースターを買っても予算内で揃えることができた。

ちなみに居間のテーブルもその店で買った。一卓二万円から一万円に値引きしてくれただけでなく、未使用の座布団までおまけしてくれた。

チョーさんをはじめ、島民は私たちの店を反対していると思ったが、店主は「僕は面白いことが大好きでね」と太い眉のたぬき顔を崩して笑っていた。やはりカツラであることを隠しきれていない七三分けの前髪を、揃えた指先で丁寧に整えながら。

「うちはいつでも大歓迎だよ」

そう言って前髪をつるんと撫でつけた店主は、タクシー運転手の丸山幹夫さん。人生楽しく生きてなんぼ、がモットーらしい彼は普段はタクシー運転手、週三日は津久茂島役場の裏にあるプレハブ店舗で『リサイクルショップぽんぽこ』を営んでいる。店の入り口に掲げられたトタンの看板には、でかでかとたぬきの絵が描かれていた。

「ことり、できた？」

「うん。ちょうどお味噌汁もできたよ」

「じゃ、ことりの台所。オープンだ！」

あぁ、どうしよう。落ち着かない。

拭いたばかりのテーブルを拭き直し、きちんと並んだ座布団の角度を動かしてみたり、縁側を右往左往してみたり。誰か来るだろうか。来てくれるだろうか。来てくれても私はどうお迎えしたらいいのだろう。いきなり罵声でも浴びせられたら……。

拳を握る。手のひらに爪の痕がくっきりと半月形に刻まれた。

大丈夫。隼人もいるんだから。

「いらっしゃいませ」

隼人の声が聞こえて、飛び上がった。畳に足を滑らせながら玄関へ出るガラス戸に手をかけて、ごくりと唾を呑んだ。ひと呼吸置いてから、ゆっくりと開ける。

「いらっしゃいま——あれ、お母さん」

「ふふっ、来ちゃった」

「ことりちゃん、おはよう」

母の後ろから大仏パーマのツバキさんがひょっこりと顔を出した。

「お二人とも、ありがとうございます。靴はこっちの靴箱にお願いします」

隼人が居間に案内している間に、私は台所に立ち、お茶の葉を急須に入れる。三人の盛り上がる声——主にツバキさんの声が聞こえてきた。

「いやぁ、嘘みたいね。こんなに綺麗になるなんて。森野さんも鼻が高いわねぇ」

「料理は上手いし、なんたって努力家ですからね。弁当屋でよーく見てきましたから」

恥ずかしくて台所から出られない。お盆を手にしたまま、話題が変わるのを待った。

「お待たせしました」

思い切って居間に出たものの、母とその友人相手に、手が震えてしまう。

「ありがとう」

湯呑みを置いて、母と目が合った。その口がぱくぱくと動く。大丈夫よ——。きゅっと唇を結んで口角を上げた。視線で頷いてから、壁にかけたメニューの額に気を取られているツバキさんの前にも湯呑みを置いた。

・ごはん
・味噌汁
・日替わりおかず
日によって、メニューが変わります。

ご希望の料理にも対応可。お気軽にどうぞ。

食事は一人五百円。メニュー変更後も統一。


「へぇ、面白い。今日のメニューは？」

ツバキさんが訊ねると、隼人がすかさずメニュースタンドから紙を取った。これは日替わりのメニューを書いたものだ。

「本日のメニュー。カマスがあるの。えっと、塩焼き。天ぷらもできるんだって。ほうれん草は、お浸しか胡麻和《ごまあ》え。こうやって選べるのも楽しくていいと思う。ね、森野さん」

母が、ツバキさんの手元を覗き込む。

「そうね、どうしようかな」

と、右手を顎に当てながら真剣に悩んでいる。

「朝ごはんだし、私は塩焼きにしようかな」母が言う。

「いいわね。私も同じので」ツバキさんが紙をメニュースタンドに戻した。

「ほうれん草の変更ってできる？　冷ややっこがあると嬉しいんだけど」

ツバキさんは私に聞いているようだ。隼人に視線で助けを求めると、力強く頷く。

頑張れ、とでも言っているみたいに。

「えっと、お味噌汁にもお豆腐が入ってるんですが……それでも良ければできます」

「いい。いい。朝は冷ややっこが食べたいのよ。いやぁ、嬉しいわ。できたら、お豆腐には叩いた梅干しをのせて欲しいの。ごま油をちょこっとかけてね」

「わかりました」

「お母さんも食べてみようかな」

「じゃあ二人とも同じので、用意してきます」

ツバキさんはもじゃもじゃの大仏頭を両手で整え、楽しみねぇと居間を見回した。

「ことり、手伝うことある？」

隼人が暖簾を手で避けながら台所に入ってきた。

「じゃあ、お漬物。たくあんを小鉢に移してくれると助かるかな。あと魚用に長角皿《ちょうかくざら》の用意も。あとは……大丈夫。お豆腐はすぐできるし」

グリルを開けると魚の焼けた匂いが鼻孔をくすぐる。皮が弾けてこんがりと焼けるカマスの、皮に付けた切り込みから脂がちりちりとあふれる。

「すげぇいい匂い。漬物……よし。魚用の皿はこれだな」

背後で隼人が歩くたびに床が軋む。こうしていると弁当屋のあの頃に戻ったみたいだ。

少しだけ開けた窓から裏庭の畑が見える。これからあそこにいろんな野菜がなるのだろうか。流れ込んだ細い風に、流しの上に取り付けた三又の布巾掛けで、ゴム手袋と白い布巾が揺らいだ。

隼人自身は厨房の作業は苦手だと言っていたが、心配するほどのことでもない。いろんなことを覚えながら動くのが苦手なだけだ。

お弁当を詰める作業は、紙に書いてそれを見ながらなら問題なくできた。本人は足手まといになるからと厨房に入りたがらないが、解決策があるだけいいじゃないかと思う。私なんて、母親ですらお客さんとして来られると手が震える。これでは初対面のお客さんが来たらどうなるのか。

焼けたカマスを皿にのせ、叩き梅とごま油を垂らした冷やヤっこと、たくあんの小鉢を添える。土鍋ごはんを茶碗によそって、豆腐と油揚げの味噌汁をお盆にのせた。

「あれ？　隼人のスマホかな」

どこからか、微かにスマホのバイブレーションが聞こえた気がした。

「部屋に置きっぱなしだわ。ごめん、ちょっと出てくる」

ま、待って、行かないでっ。

その叫びを口に出すわけにはいかない。

「わかった」

パニックになっているのを悟られないよう、平静を装ってお盆を持った。

任せて、大丈夫。そうアピールするように。


「美味しい。ねぇ、本当に美味しいわよ。焼き魚ってシンプルだけど、塩加減とか、焼き具合で味が左右されるじゃない。ぱさぱさしたりね。でもすっごい上手。身も柔らかくて美味しいわ。さすが、都会の人たちの舌を虜にしてきただけあるわよ」

「そんな。虜は大げさです」

「ううん、老舗の弁当屋さんでしょ。長く生き残るには、味の良さは外せないわよ」

「そ、そうですか……」

「味噌汁は米味噌なのね。お母さんも島に来てからずっと米味噌だから落ち着くわ」

「そうそう。ごはんもこの辺りのじゃない？」

「はい。白鷺地区のお米屋さんで買ったものです」

「やっぱりねぇ。この大きい粒と、ほど良い甘み。どんなおかずとも相性抜群。ちゃーんと島のこともわかってくれてるじゃない。ほんと、なんの文句があるのかしらね、あの馬鹿は。私は応援するわよ」

ツバキさんのべた褒めに、顔から火を噴きそうになりながら頭を下げた。

「冷ややっこも美味しい。梅干しとごま油って合うのね。いい食べ方を教えてもらっちゃった」

「あ、やっぱり？　いいでしょ、美味しいのよそれ」

するとと、玄関の扉が開く音がした。

「ことりちゃーん。どやぁ、客入っとるかぁ。邪魔すんでぇ」

関西弁が古民家に響き渡る。黒光りした畠中さんは居間に入るなり、クーラーボックスをどさりと下ろした。

「おう、お母ちゃん来てくれたんか。ツバキさんも、おはようさん。ええやん、繁盛しよるみたいで安心したわ」

にかっと白い歯を光らせると、「台所、ええか？」と再びクーラーボックスを抱えて台所の暖簾をくぐる。

隼人、お願い戻ってきて――

泣き言を胸裏で呟きながら、畠中さんに続いて台所に入った。

「これやるわ。アジとカマス。マアジや、旨いで。お母ちゃんらもカマス食うとったな。かぶってもうたけど、まぁええやろ。俺と戸波の兄ちゃんからの差し入れや。あかりちゃんが持っていってあげてって言うんや。ええ子や、まだちびちゃんやのにな」

「さすがにこんなにいただくのは悪いです。お金を……」

しまった。仕入れ用の財布はまだ隼人が持っている。本当、何やってんのよ！

「ええねんて。そないなことされたら、もう持ってきにくくなるやん。貰えるもんはもろといたらええねん」

いや、でもそんな、としどろもどろになる私に、畠中さんは「ええねん」を連呼し、残りは自分らの晩飯にでもしたらええわと玄関へと向かった。

隼人が戻ったのは、畠中さんが出ていってすぐだった。スマホを握りしめ、食後の珈琲を淹れる私のもとへと上機嫌でやってきた。

「さっきの電話、風の丘地区からでさ。野菜、卸してもらえることになりました！」

「うそ、ほんとに？」

会話が聞こえたらしいツバキさんが「仕入れできるの？」と台所を覗いた。

「そうなんです。ちょうど電話があって」

隼人が言うと、ツバキさんが「良かったじゃない、ねぇ！」と母にも拍手を求める。

「おばさんね、二人のこと応援してるの。つまんない意地悪に負けちゃ駄目。大体、私の目が届く範囲に根回しするなんて百年早いのよ。風の丘の人たちは、私にしたら親戚みたいなものだから。ちゃんと話せばわかってくれると思ったのよぉ」

「えっと……もしかして、ツバキさんが？」

あぁ良かった、と席に戻ったツバキさんが「実はね」と声を潜めた。

「仕入れ先に困ってるって噂を耳にしてね。こっそり話をしに行ったのよ」

「おぉっ、ありがとうございます！　配達もしてもらえるみたいだし、めちゃくちゃ助かります」

なぁ、と目を輝かせる隼人の視線に、私も何度も頷いた。

「ありがとうございます」

私に続いて、母も礼を言う。せめてものお礼にと、今日の食事代は無料にさせてもらうことにした。

これでもう、毎日買いに行かなくて済むのだ。スーパーで買うより安く仕入れもできるはず。大した開業資金を持たない私たちにとって、とてもありがたいことだ。

「し、か、も」

隼人がもったいぶって、にやり、と笑う。

「星野地区からも卵を仕入れられそうです！」

「え、なんで？　そんな次々に……」

困惑する私に、「丸山さんだよ」と人差し指を立てた。

「あの人の実家、星野地区で養鶏場やってんだって。直接買い取らせてもらえるよう話してくれたみたい。いやぁ、人との繋がりは大事にすべきだな！」

良かった。隼人が丸山さんとも仲良くなってくれていたおかげだ。私には連絡先の交換すらできる気がしない。

これで野菜も卵も、新鮮なものが仕入れられる。すっかり冷めてしまった珈琲を淹れ直す時間も、私の心はワルツでも踊り出しそうな気分だ。


ことりの台所、開店初日は母とツバキさん、畠中さん、高齢女性二人組と、ひとり旅の男性が来てくれた。

すっかり陽も落ち、縁側の向こうの庭は宵《よい》に沈んでいた。

隼人は「いい調子だよな」と鼻歌交じりにテーブルを拭いている。私としてもこれくらいがいい。あまり混雑すると、ことりの台所のコンセプトである「家」が台無しになってしまうような気がする。くつろげる空間ではなくなってしまっては、古民家をリフォームした意味がない。お客さんにとっての家であって欲しいと同時に、私にとっても家だ。まぁここに住んでいるわけではないけれど。

この家には空き部屋がある。居間の他に和室が四つ。一つは隼人が使っている。

ここに住めたら寝起きから台所に立てる。柔らかな朝陽が台所の窓から差し込み、こだまする鳥たちのさえずり。広い縁側と、イロハモミジ。森と山に挟まれた、白鷺地区の隔離された場所で静かに暮らすのも楽しそうだ。

「ことりもこっちに住めば？」

「いいよねぇ」

ほうけながら食器を拭き終えて、布巾をかける。

「部屋も空いてるし」

「まぁね——って違う。むりむり！　せめて離れでもあればわかるけど」

同じ屋根の下で寝るなんて。隼人だから嫌というわけじゃない。男の人と一緒に住むなんて、考えるだけで動悸《どうき》がする。

「じゃあ、俺はあっちで寝ようか」

隣でコンロを掃除していた隼人が「あっち」と裏庭を指した。

「え、畑？」

いやまぁ、それなら。

「んなわけねぇだろ。酷い。これから冬になるのに、寒空の下に放り出すつもり？」

信じられない、と手で口を覆った。

「畑の向こうだよ。裏山の麓に小屋があるの知ってた？　この前、長野さんに、小屋も家主の田畑さんの持ち物だから好きに使っていいって言われてさ。倉庫に使ってたらしいけど、結構綺麗だったよ」

長野さん……この家の見学に立ち会ってくれた、カラスの糞を落とされたあの人か。

「まぁ、ことりのお母さんが寂しくなかったらだけど。せっかく娘が帰ってきて喜んでくれてるんだろ」

それはそうだけど。寂しがるのだろうか。


その日の夜、母と向かい合って焼きそばをすすっていた。

「ことり、あのね」

焼きそばで口がいっぱいだったので、喋る代わりに視線で返事をした。

「お母さんはことりと暮らせて楽しいけど、もっと自分の時間を大切にして欲しいの」

「どういうこと？」

冷たい麦茶を飲む。固まりそうな麺を箸でほぐしながら訊ねた。

「今しかできないこともあるでしょ。隼人君がいるなら、ことりが家を出てもお母さんは安心よ。その方がもっと楽しい時間が増えるだろうし。朝早くに暗い道を歩いてお店まで行くのも心配なのよ。あっちに住んだ方がいいんじゃないかって思うの」

「……うん」

でも、本当にいいのだろうか。父が頭を過ってしまう。もちろん、この島にいれば大丈夫だろうけど。少しずつ迫り来る父の姿。もしこの家も見つけられたら。

そうなったとき、母を守れるのは私だけなんじゃないか——

「あのさ。私が帰ってきた理由なんだけどね」

父の話をしたら、母の記憶と心をあの頃に引き戻すことになるだろうか。

母は相変わらず過保護で心配性で、いつだって私のことを一番に考える。二十六歳の娘に、料理中の火傷を心配したり、メモには子供の頃に好きだったキャラクターを描いたり。母にとって私は幼稚園児の頃と大差ないのだろう。

父との暮らしで陰鬱な幼少期を過ごした娘への罪悪感が消えないのだ、きっと。心配だけど、私のことを考えると家を出て欲しい。相反する願いの狭間で葛藤しているからこそ、母の表情が煮え切らないのだと思う。

「ことりが帰ってきた理由？　お母さんの腰と、お店の閉店でしょう」

違うよ。そう言って頭を振った。

「お父さんが私の居場所を見つけたから。あの人、まだ私たち……ううん、お母さんのことを諦めてないんだと思う」

「え……」

テレビに映った、ひな壇芸人たちの甲高い笑い声が遠くに聞こえる。平静を装っている母の顔の筋肉が一瞬強張ったのは、見逃したくても見逃せなかった。

「アパートに来たの。チラシの裏にメモまで残してた。職場にも来たみたいだし、電話も何度もかかってきてた。だからスマホを解約したの。私はあの人から逃げるためにこの島に戻ったんだよ」

一気に言い切った。心臓が、血管を流れる血液までもがどくどくと脈打つのがわかる。緊張をほぐそうとする本能か、言いながら私の顔は笑っていた。奥歯が、嫌な音を立てて軋む。

「そう、なの」

母は俯いたまま、三分の一ほど残った焼きそばの皿を手に立ち上がる。ふらふらと台所に向かい、流しに皿を置く音がしてすぐ、シルエットがガラス戸に映った。

「ごめんね。お母さん、明日早いから。先に寝るね」

「うん。おやすみなさい」

残された私の焼きそばは、団子みたいにがんじがらめに固まって解けなかった。

浅い眠りのまま、五時に目が覚めた。母が仕事に行く前に用意してくれていたおにぎりを食べ、トートバッグを肩にかける。

「ん?」

玄関に白い無地の封筒が置いてあった。中には、母の小さな字で書かれた手紙が一枚。

ことりへ。

昨日はごめんなさい。ちょっと驚いちゃったの。久しぶりの話だったから。

でもね、もう大丈夫。心配してくれてありがとう。

お父さんが家に来たとき、電話をしてきたとき。怖かったよね。

すぐに助けてあげられなくてごめんね。

お母さん、いつもことりのことを守ってあげられないね。

お父さんのことを知った上で、ことりが目の届く所にいないのは、お母さんにとって怖いです。不安です。心配です。

だけど、そのせいでことりが自由でいられないことは、もっともっと悲しい。

お父さんのことは、お母さんの責任です。

大丈夫。お父さんの目的がお母さんなら、ことりはここを離れた方がいい。

それなら尚更、隼人君と一緒にいてくれる方が、お母さんは安心です。

彼はことりのことを大切にしてくれている。とてもいい人だと思うから。

安心してね。彼は、お父さんとは正反対です。お母さんはそう感じます。

お母さん、ことりのことが心配だった。初めてお店に行くまでは、大丈夫かしらって思ってたの。

でもとっても美味しい料理を食べて、一生懸命私たちをもてなしてくれる姿を見て、大人になったんだって改めてわかった。

いつまでも子供じゃないのよね。

あなたは料理のプロだもの。心配することなんて、何もなかったのよ。

面と向かって話すと、上手く言えないと思うから。大事な話なのに手紙でごめんね。

お母さんは、ことりが自由に羽ばたいている姿を見るのが夢です。

お母さんより。


読み終えて、改めてもう一度手紙の全体に目を通す。震えていた。その文字だけが。

「お父さん、か」

手紙を封筒に戻して、バッグのポケットに仕舞った。

私が自由に羽ばたいている姿を見るのが夢。


それが母を笑顔にできることなら――

第八話　月子《つきこ》と西郷《さいごう》さん

十一月も半ばになり、朝晩はかなり冷え込むようになった。

まだ布団が恋しい。今日は店の定休日だ。ゆっくり寝たい——だが、今日はそういうわけにはいかない。空っぽになった部屋を視線だけで見渡し、気合いを入れて布団を蹴り上げる。勢いのまま、結露で濡れたカーテンと窓を全開にした。

「寒っ！　ん？」

一階の屋根に黒いシルエットがぽつんと。夜明け前の薄暗さと、絶妙に部屋の明かりが届かない場所にいるせいでよく見えないが、形からして猫だろうか。

「にゃーん」

試しに鳴いてみた。だが相手はじっと様子を窺っているのか動く気配はない。渾身の力を込めた猫の鳴き真似にも反応してくれない。照らせるものはないかと思ったが、荷物を運び出した部屋は座布団すらない。スマホを持たない私にはライトなんて点けられない。

もういいや。

諦めて窓を閉めようとしたときだ。影から、ぬらり、とそれが現れた。

「あ、やっぱり猫」

すると、猫がひょいと部屋に飛び込んできたではないか。

「何勝手に――」

私が寝ていた布団の真ん中に座ると、今度はじっと見つめてきた。しかし、だ。

なんて、なんて……。

「険《けわ》しい顔の猫」

こげ茶色の体は、よくイラストで見るしなやかな猫の姿よりも、でっぷりしている。そして何よりもあの顔。なんて目つきの悪い猫だろう。

私だって愛嬌がある顔とは言えないが、あの悟り切った目。この世を達観したような、貫禄《かんろく》のある眼差し。それと眉。実際に猫に眉というものがあるのか知らない。模様かもしれないが、黒くて太い筋が、餃子のような半月形の目の上に乗っかっていて、ふてぶてしさを増幅させている。

あの顔、どこかで見たことあるけど。なんだっけ。

「って、こんなことしてる場合じゃないのよ。行かなくちゃっ」

ほら、おうちに帰りなさい。窓の向こうを指しながら近寄るも、微動だにしないおでぶな猫。私、これから店に行って荷解きしなきゃいけないの。そう言っても、「へぇ、そうかい」とでも言うような目。なんてふてぶてしい。

「あぁ、もう！」

相手にしている時間はない。とりあえず布団を片付けるのはあとにして、出かける準備をしないと。

母はまだ寝ているようだ。足音を立てないようにそっと階段を下り、洗顔と歯磨きを済ませ、朝食用の玉子焼きと味噌汁、昨日の残りの炊き込みごはんを解凍した。恐らくこれが実家で食べる最後の朝食になる。母の炊き込みごはんを、じっくり味わった。

朝食を済ませ、それから母に書き置きを残した。

行ってきます。たまには帰ってくるから。店にも、いつでも電話してね。

洗面所で髪を一つに結んで、階段を駆け上る。部屋のドアを開けて、肩を落とした。猫がまだ私の布団の上でくつろいでいる。さっきよりも寝そべって、溶けているみたいに。

とりあえず片付けないと。

「んよいしょお」

重い。この猫、見た目通りやっぱり重い！　でっぷりしたぜい肉たっぷりのボディで、私の腕に遠慮なくでれんと身を預けてくる。

部屋の隅に巨体を移動させてから布団を畳み、再び外に出るよう促すが、全く動く気はないらしい。仕方なく、そのこげ茶色の塊を抱き上げて、家を出ることにした。

玄関を出て地面に下ろす。不満なのか、元々こんな顔なのか判別がつかない、ぶすっとした表情に別れを告げた。猫は私がその場を離れても、薄暗い景色の向こうから、じっとこちらを見つめていた。

寒い――

林道を抜け、遮るもののない田園風景が広がる通りに出る。乾いた風が、冷気を運ぶ。いつ買ったのかも覚えていない、樟脳《しょうのう》の香りが染み付いた黒いコートをぴたりと体に巻き付け、小さくなって歩いた。

今は何時くらいだろう。薄い藍色の空が広がり、ぽつぽつと星が散らばっている。

森を抜けて家が見えた。山々の稜線を陽光が縁取り、朝陽を浴びた古民家の屋根から、スズメが三羽、空へと飛び立った。

ガラガラガラ
そっと開けたつもりなのに、必要以上に音が鳴る玄関の引き戸。それとほぼ同時にガラス戸が開いた。

「おはよー。休みなんだから、ゆっくり来たら良かったのに」

「もう起きてたんだ。私は荷解きしないと……何?」

隼人がじっと見てくる。

「お客さん?」

「え?」

振り返ったが誰もいない——と思いきや、家の前にでっぷりとしたあの子がいた。

「ちょっと、いつの間に」

さっきの猫だ。相変わらず厳《いか》つい顔でこちらを見ている。

ぶにゃあ。

大あくび。顔は険しいのに、まるで緊張感のない姿は、隼人に通じるものがある。

「今朝、私の部屋に入ってきたの。外に出したんだけど。どこの猫だろう」

「野良猫じゃね? 首輪してないし」

「そうかなぁ」

この体形は、誰かに餌を貰っているようにしか見えないのだけど。隼人はサンダルを履いて玄関を出ると「おーい、おいで。こっちこっち」と呼ぶ。猫はのそりのそりと隼人のもとまで歩み寄ると、膝に体を擦り付け、気持ち良さそうに撫でられている。私が声をかけたときは微動だにしなかったのに。あぁ、へそまで見せちゃって。完全に手なずけられている。

ふと顔を上げると、敷地の入り口に女性が立っていた。白いロングコート、切り揃えられたおかっぱ頭には、白い毛糸の帽子を乗せている。

「おはようございます」

隼人と一緒に会釈する。女性は手袋をはめた人差し指を、すっと猫へ向けた。

「見つけた」

かろうじて聞こえた小さな声。伸ばした手を胸の前に戻して、小さな拳を作る。まるで勇気を振り絞っているみたいに。

「西郷さん」

西郷さん？

心の中で復唱してハッとした。そうだ、この顔。社会の教科書で見た、西郷隆盛だ。もしかしてこの猫の名前？　西郷さん、西郷さん――

笑いがこみ上げて、慌てて口元を隠す。

「この猫、西郷さんっていうんだ。君が飼い主？」

隼人がおでぶ猫――西郷さんの背中を撫でながら訊ねたが、女性は黙ったまま返事をしない。ぼうっと私たちに向けていた視線を、古民家の外観に移して、ようやく口を開く。

「朝ごはん、食べたい」

今更気付いたが、白鷺公民館の前で隼人が「古民家で店をやる」と宣言した日、ベンチでぼんやりとしていたあの人だった。さっきからずっと眠そうな目をしているが、その横顔がまた恐ろしいほどの透明感を持っている。小さく品のある唇に、小振りの可愛らしい鼻。パーツの一つ一つが小さくて、繊細で。こうして見ると、雪の妖精みたいだ。

「お茶、どうぞ。熱いので気を付けてくださいね」

縁側に近いテーブルにお茶とおしぼりを置く私をちらりと見上げ、小さく頷く。

「あっ、もしかして」

「どうした？」

隼人と同じように女性も小首を傾げる。

「い、いえ。すみません、えっと……春頃、私がこの島に来るときに乗った船でお会いしたかもと思いまして」

彼女は、甲板で戸波さんに付き添われていた女性だ。船酔いしていたのか、項垂《うなだ》れていた人。あのおかっぱに見覚えがある。

女性は「そうだっけ」ともう一度首を傾げた。

「久しぶりに船に乗って気持ち悪かったから。覚えてない」

「そうですよね。結構、つらそうでしたから」

あはは、とその場を誤魔化して台所に引っ込んだ。上手く会話が繋げられない私と、物静かな彼女では、相性はものすごく悪そうだ。

今日は定休日だから断ると思っていたのに、隼人が招き入れてしまった。営業日だったとしても、まだ開店時間ですらないのに。料理はどうしよう。幸い、土鍋には朝食用に炊いたと思われるごはんがたっぷりあるけれど。

「何か食べたいものありますか？」

だが、女性の声は聞こえてこない。私は流しにもたれたまま二人のやりとりに聞き耳を立てた。

「ネギ丼」

女性がぽつりと呟いた。ネギ丼？

「刻んだネギをごはんにのせるってことですか？　他の具とか味付けは？」

「ネギだけ。山盛りにして欲しい。味付けは醬油。真ん中に卵黄ものせて……あと」

少し間を空けて、ゆっくりと言葉を続けた。

「ネギと豆腐のお味噌汁。ここのお味噌汁、美味しいって聞いたから」

味噌汁ならすぐできる。裏の畑は芽も出ていないし、休みのため仕入れもない。冷蔵庫は――良かった、ネギはある。ネギをまな板にのせ、無心で小口切りにしていく。

こんなにもネギを切るなんてあっただろうか。ミツさんの弁当屋と、山になっていくネギの光景が重なる。あぁ、楽しい。

鰹節で出汁を取り、豆腐をサイコロ状に切り分け、米味噌を溶く。山盛りのネギの一部を味噌汁に入れて火を止めた。

残りの大量のネギは丼のごはんにどっさりと。真ん中を丸く広げて、ぷるん、と卵黄をのせた。醤油は好きな量をかけてもらおう。お箸と、たくあんを入れた小鉢を添えた。

「お待たせしました」

ネギ丼と醤油さし、味噌汁と小鉢を並べていく。

「いただきます」

ずっと表情の薄かった女性の頬が緩む。目元の力が少し抜けたように見えた。台所に戻ると、いつの間にか隼人が洗い物をしてくれていた。

「ありがとう」

「そんなのいいって。ほら、縁側で休んだら？　俺も終わったら行くから」

女性は丼を抱え、小さな口を限界まで広げて、ネギまみれごはんを頬張っていた。白い頬が膨らみ、もぐもぐ。なんて美味しそうに食べるのだろう。

「ぶにゃあ」

もうずっとここに住んでます、とでも言いそうな堂々としたくつろぎっぷりで大あくびをする西郷さんが、隣に座った私を面倒くさそうに見上げた。前足に顎を乗せた顔は、ぜい肉に圧されて目が横棒になっている。絵本のイラストみたいだ。

台所から出てきた隼人も、西郷さんを挟んで隣に座る。肘まで捲った袖から筋肉質な腕が見えた。今日も相変わらず妙なシャツだ。

能天気男

書道家が書いたような力強く達筆な文字の、気の抜けた言葉。能天気男——自分のことをよくわかっていらっしゃるようで。

「ん、何？」

「いや……変わったシャツだなって」

「だろ？　あ、ことりも欲しい？　他にもあるから、あげようか」

大丈夫。食い気味に言ったのに、「大丈夫」を「欲しい」に勝手に変換されてしまったようで、取りに行こうとした隼人を慌てて引き止めた。おかしなシャツを着て出迎えるごはん屋さん。いよいよ本当に島中の人たちから変な若者だと思われる。

「それ、好きなの？」

そう言うと、女性は「ごちそうさまでした」と手を合わせた。

「めっちゃ気に入ってるんですよ。この店、デザインが独特で面白いんです」

鼻の穴まで膨らんで、無邪気な子供そのものだ。隼人は廊下に出ると、和室の襖を勢いよく開けて中に入っていく。居間に戻ると、畳にずらりとシャツを並べ始めた。

「ほら、こういうのも。こっちもいいんすよね。のんびりしてるっていうか。俺が憧れる人生観にぴったりって感じっすね」

一方的に喋り続ける隼人の話を、女性は眠そうな目を瞬かせて聞いている。いや、引いてない？　大丈夫？

「嬉しい」

熱弁の隙間で、女性が呟いた。

「この店の服。デザインは私がやってるから」

「まじで！」

隼人の素っ頓狂な声に、西郷さんが飛び上がった。


「いやぁ、いろいろ開けて楽しかったです。月子さん、ゆっくりしていってください」

クーラーボックスと釣り竿、大きなショルダーバッグを担いだ隼人が家を出たのは、十時を過ぎた頃だ。まさか休みの日にお客さんが来るとは思わず、戸波さん親子と畠中さんと釣りの約束をしてしまっていたらしい。

女性——月子さんは縁側に座り、西郷さんを膝に乗せて背中を撫でている。月子さんと二人。最初こそ不安だったが、月子さんは会話がなくても気にしていないようだ。大抵は、当たり障りのない天気の話をしては沈黙が生まれ、愛想笑いを浮かべながら特に興味もない話を延々とするものだ。

だが、彼女にはそれがない。隣に黙って座っていても、ぼんやり空想に耽《ふけ》っていても、気にしている様子がないのだ。

「あったかい」

遠くを走る電車の音が聞こえるほどの静かな空間に、のんびりした口調で言った。

「そうですね。十一月にしては暖かいかも。ここは日当たりもいいですし」

どきどきしながら答えると、西郷さんを撫でていた手を止め、月子さんはまぶたを伏せた。西郷さんはさっきからずっと、丸い大きなお尻をこちらに向けている。垂れた尻尾が、ご機嫌に左右に揺れていた。

「太陽も暖かいけど、違うの」

月子さんのまぶたがゆっくり開いて、天井、縁側、居間、台所、廊下、そして私で視線が止まった。

「この場所が温かいの。雰囲気がすごく落ち着く」

「あ、ありがとうございます」

「いい場所を見つけられた。西郷さんも幸せになれると思う」

月子さんは、よいしょ、と膝から西郷さんを下ろした。白いロングコートに袖を通し、アンティーク風のショルダーバッグを斜めにかける。毛糸の帽子をかぶると、丁寧すぎるほど深々と頭を下げた。

「お邪魔しました」

「あの、西郷さんは……」

「野良猫なの」

玄関で靴を履いた月子さんが、縁側で寝そべる西郷さんを見て薄く笑う。

「飽きたらどこかに行くと思う。あ――」

月子さんが玄関を出た。大型バイクが森を抜けて迫ってくる。そのバイクは、古民家の庭の前で停まった。

身長二メートル近くある大男が、黒いフルフェイスのヘルメットをかぶったまま、闊歩《かっぽ》してきた。咄嗟に月子さんの腕を引っ張って玄関に戻そうとして、空を掴んだ。

月子さんが大男に向かって駆け出したのだ。

「マリーさん、この店知ってたの？」

マリーさん？　マリーさんって、あの人、男じゃないの？

月子さんがマリーさんと呼んだその人が、頭ごと鷲掴みできそうな大きな手でヘルメットを持ち上げた。

「ま、まりーさん」

　思わず声がひっくり返った。

「どうも、マリーですぅ。やぁだ、いいお店じゃない？　よそ者だとかうだうだ言ってる噂を小耳に挟んだから、どんなところかと思ったら～」

　いちいち間延びしたような口調で大男――マリーさんが私と店を交互に見遣る。

　チョーさんよりも大きな人がこの島にいたなんて。

「この人は星崎万里央《ほしざきまりお》。まりおだからマリーさん。見ての通りの人」

「やだ月ちゃん、本名で紹介しちゃヤダ、メ。ほんと、正直者なんだから。迎えに来てあげたってのに、酷い仕打ちよねぇ」

「迎えに来てくれたの？」

「そうよぉ。昨日の夜からあんたが見当たらないって、父親が怒鳴り込んで来たの。過保護な親は困ったもんよぉ。相変わらず、うるさいったらありゃしない。あんたも二十六歳だってのに、わかってないのねぇ」

「同じ歳……」

　うっかり話に割って入った私に、二人の視線が集まる。

「ご、ごめんなさい。私、中学はこっちだったから」

　クラスメイトの名前もろくに覚えていないけど。月子さんって名前も初めて聞いたのだから。すると月子さんは「あぁ」と、手のひらに拳をぽんと乗せた。

「私、引きこもりだったから」

気にもしていないように言うと、マリーさんが、

「せっかく島を出たのにまーた帰ってきちゃうんだから。そんなにあたしに会いたいなんて、可愛い子よねぇ」

と分厚い真っ赤な唇を尖らせ、扇子みたいなまつ毛がばさばさと上下する。

「とまぁ、月ちゃんを迎えに来たのもあるんだけど」

マリーさんが背負っていたリュックから（体の横幅が大きくて、リュックの存在に気が付かなかった）瓶入りの牛乳を取り出した。

「営業に来たのよっ」

座布団に正座し、グラスに牛乳を注ぎ入れる。座ってもやっぱり大きいマリーさんと、怯えて小さくなる私。土佐犬とチワワくらいの体格差じゃないだろうか。隼人がいてくれたら良かったのに。

「いただきます」

「どうぞ」

うふん、とウインクを飛ばすマリーさんに会釈してから、グラスに口を付けた。

「お……」

「お？」

マリーさんがテーブルに身を乗り出す。

「おぉ？」

月子さんが首を傾げると、さらり、とおかっぱの毛先が細い肩を撫でた。

「美味しいです！」

「あら、おっほぉ」

マリーさんが変な声を出しながら口元を押さえて飛び上がった。

濃厚な牛乳は甘みがあり、それでいて後味はすっきり。私は牛乳を飲んだあと口に残るのが苦手で、好んで飲むことは少なかった。だが、これはそんな私の牛乳に対する価値観を一変させてしまうものだった。

「実はもう一本持ってんのよ。ここ、二人で働いてるんでしょ？　その子にも飲ませてあげてよ」

どすん、と大きな牛乳瓶がテーブルに鎮座した。

「その子も気に入ってくれたら、うちから牛乳買わない？　もちろん宅配もしてあげる。その代わり、月ちゃんと仲良くしてやって欲しいのよん」

「マリーさん、そんなことのために来たの？」

丸太みたいな腕を肩に回された月子さんが、呆れた視線を投げかける。

「違うわよぉ。それはついでの話。メインは商売と月ちゃんのお、む、か、え」

月子さんが外に出ると、私に顔を寄せて「よろしくね」と耳打ちした。そうして、

「今度はお客さんとして遊びに来るわね～」と月子さんをバイクの後ろに乗せて走り去った。

「うんまっ」

牛乳を飲んだ隼人が、口の周りに漫画みたいな白いひげを作りながら叫ぶ。

「うちで使おう！　断る理由はないでしょ」

「そうだね。変わった人だったけど」

クーラーボックスを開けて「俺も会いたかったなぁ」と、イワシをまな板にのせた。

「あんな旨い牛乳を出してくれる牛を育てる人だぜ。すげぇいい人だと思う。明日にでも契約してくるわ」

会ったこともないのに自信満々で言う。それでも隼人が言うと、本当にそうかもと思えてしまうから不思議だ。

「そういえば荷解き終わった？」

「……まだだった」

時刻は四時。あんなに澄み渡っていた鮮やかな秋空が、徐々に赤みを帯びた黄金色に染まっている。

「夕飯は俺が作るから。今のうちにやってきたら？」

「できるの？」

隼人は背を向けたまま、包丁を持った腕でガッツポーズを作り、左手でメモ用紙をひらひらさせる。

「戸波さんの家で、畠中さんに捌き方を教えてもらった。任せとけ」

頼もしい言いっぷりに、「じゃあお願いします」と台所を出た。

ふすん。ふすん。

庭を飛び回るトンボでも見て眠くなったのだろうか。西郷さんの気持ち良さそうな寝息が聞こえる。

「もしかして、ここに住むつもりじゃないよね」

無防備な背中に問いかけてみたが、返ってくるのは寝息のみ。

……仕方ない、か。

リリリ　リリリ
庭のどこかでコオロギが鳴いている。

頬が緩むのを感じながら、和室の襖を開けた。

第九話　夜釣りの魔法

本日は十時オープンです。御用の方は遠慮なくお声がけください。

「よし、貼り紙はオッケー。さぁ、気合い入れろよなっ」

「はいはい」

「返事は一回でしょ」

「……お母さんみたい」

眉をひそめる私を見ても「あらやだ、怖い」とふざけっぱなしの隼人にため息が出る。今日は畑仕事をしなくちゃならない……と隼人が言っていた。

縁側に出しっぱなしにしていた野菜の作り方の本を何度か見たが、難しい。種を蒔いて水さえやっていれば育つなんて単純なものではないのだ。本当にできるのか。正直不安しかないのに、隼人は私も畑を手伝うと言ってから浮かれている。

「ほら、ことりさん、準備準備っ」

「わかってるよ」

姑《しゅうとめ》のような口調を続ける隼人に追い立てられながら店に戻った。

「俺、でっかいのね」

「わかってる」

子供か――

心の中で突っ込みながら、土鍋からごはんをすくう。

「鮭ってこんなもんでいいかな」

「うーん、あともう少しかな」

種を取った梅干しをごはんで包み、三角に握りながら答えた。

「はい、できたー。めっちゃいい匂いするな」

「そうだね」

焼けた鮭を受け取る。今までずっとグリルだったけど、これからは網でもアリかも、なんて思いながら。台所の窓はいつも開けているし、いい匂いが家の周りに漂う。静かな島の片隅にある古民家。そこから漂う、焼き鮭の香り。うん、いい。

鮭をほぐし、おにぎりを作る。一人二個。隼人の特大おにぎりが私のおにぎりの隣に並んだ。

「これが小松菜の本葉。こうなったら、株の間隔を大体五センチくらいになるように間引くんだ。育ちが悪いのを抜くんだって」

「へぇ、ちゃんと勉強してるんだね」

隼人のお手本通りに、一つ抜いてみる。

「そりゃね。まぁ、失敗もあったんだけど。あのタアサイだっていろいろあったからね。ことり、それ抜いちゃ駄目」

「えっ、ごめん。ちょっと触っちゃったけど、大丈夫かな」

抜こうとした葉から慌てて手を離した。やっぱりこういうのは苦手だ。畑仕事なんて手伝わなきゃ良かったかも――

「平気平気。そんな顔しないの。美味しい料理を食べて欲しかったら、その食材を作ることも楽しまなきゃ」

「そうだね……」

一つ一つ、確認しながら間引いていく。隼人の指導を受けながら肥料を撒き、畝《うね》の間に腰を下ろした。軍手を外して、空を仰ぐ。

十一月の終わりとは思えないほど、体がぽかぽかしていた。手のひらに触れる土の感触が気持ちいい。

「こんな日がずっと続くといいよな」

隼人が隣にあぐらをかいて座る。この男は本気でそんなふうに思っているのだろうか。時間は過ぎ、状況は変わるものだ。学生時代に親友と誓った者同士が、大人になって連絡もしなくなることなんて、よくある話。

卒業、就職、結婚、出産。そんな明確な理由があってもなくても、人と人との関係性なんて脆《もろ》く儚《はかな》い。

「いつまでも同じでいられるなんて、そんなわけないよ」

いつか必ず終わるときが来る。弁当屋での毎日が突如終わったように。膝を体に引き寄せて、顎を乗せた。

「そんなのわかんねーだろ」

金色の前髪がさらりと額を撫でる。それに、と隼人の唇が動いた。

「叶えたい未来があるなら、そこに向かって進めばいいだけだよ。ずっと続いて欲しいと思うなら、続くように頑張ればいい。無理だって思っても、案外道はあるんだ。すっげぇ険しい道でも、進む価値があるなら、棘《とげ》でも岩でもぶつかりながら進めばいいじゃん」

土の付いた頬にえくぼを刻んで笑う。その笑顔が、いつになく優しくて、眩しくて――

ぐう。

「あ、腹鳴った」

ちょっと見直したような気になっていたのに、隼人の腹の虫に台無しにされた。

「おにぎり食おうぜ！」

そう言うと、おにぎりの入った風呂敷を広げた。畑の横でおにぎりにかぶりつく。

ほのかに甘くてふっくらしたごはんと、ほど良い塩味。柔らかい梅干しの果肉と、ほろりと崩れる塩鮭が美味しい。

「旨いな」

隼人が幸せに満ちた笑顔を向けてくる。

「うん」

恥ずかしくて、そっと視線を逸らした。

そのあとは玉ねぎの植え付けと、プランターのタアサイの収穫をした。予定通り九時には畑仕事を済ませ、開店準備を急いだ。

先日買ったこたつ布団をテーブルにかけ、暖かいね、なんて無邪気に笑う隼人に、そうだね、と笑みを返す。なんだか少し照れくさいような、不思議な気持ち。

コンロの前に立ち、フライパンを熱していると、玄関が勢いよく開いた。

「おはようさん。入らせてもらうでー」

「畠中さん、いらっしゃい。浩二君も来てくれたんだ。ありがとな。適当に座ってて」

浩二君？

思わず手を止めそうになって、いけない、と手早く卵をフライパンに流し入れた。この卵はタクシードライバー兼リサイクルショップぽんぽこの店主、丸山さんの実家から仕入れたものだ。二日に一度、新鮮な卵を届けてもらえることになっている。とろりと濃厚な卵が、ごま油で炒めたタアサイと合わさって、ふくふく、ふんわりと火が通っていく。鶏ガラと醤油を回し入れて味を付けていく。緑鮮やかなタアサイはアクがなく、油で炒めることで苦みも抑えられる。寒さの中で育ったタアサイは、甘みが増してとても美味しい。

「できたかな」

火にかけていた鍋の蓋を開ける。甘辛い香りが食欲をそそる。少し煮崩れたじゃがいもと柔らかいお肉。糸こんにゃくが踊る肉じゃがに、絹《きぬ》さやがちょこんと色を添える。ほっとするような家庭料理。ここはレストランでもなく、食堂でもない。厨房で作る料理じゃない。台所であり「家」なのだ。

庭に見える四季を楽しみながら、こたつに入って、食後には畳に寝そべってくれてもいい。実家に帰ったみたいな、母のカレーを食べるときのような、ほっとできる料理を作りたい――そう願いながら、肉じゃがを鍋底から丁寧にかき混ぜ、火を止めた。

「料理、二人分ね。一つはごはん大盛り。お漬物の代わりに納豆を付けて欲しいって」

再び玄関が開く。隼人が「急げっ」とおしぼりとお茶を持って台所を出た。

「おっ、あかりちゃん。来てくれたんだ。ほら、こたつ暖かいから入って。戸波さんもこんにちは」

「わーっ、ひろーい」

戸波さん親子に畠中さんと浩二君。そして旅行客が三人やってきて、居間が一層賑やかになる。落ち着け。大丈夫。一人じゃないんだから。よし、とエプロンの腰紐を一段ときつく縛った。

「あかりちゃんの分の夕アサイ、もやしに変更ってできそう？」

「いいよ、すぐ作るね」

もやしを出し、手早くひげ根を取り除いていく。

「俺、ごはんよそっていくわ。味噌汁はその鍋だよな」

「うん。肉じゃがもお願い」

すると、食器棚の前で隼人の手が止まった。

「肉じゃが用のお皿は二段目の。箸置きはそっちの引き出し」

「サンキュ。俺もちゃんと覚えないとな」

それからはスムーズに準備していく隼人を背に、もやしをフライパンで炒める。

なんだか、楽しいな——

畠中さんと戸波さん親子、旅行客を見送り、ようやく一段落したのは二時前だった。散歩から帰ってきた西郷さんが、ふらりと玄関前に現れた。

「おかえり。なんか当たり前みたいにうちに帰ってくるようになったね」

「落ち着くんだろ。なぁ、西郷さん。足拭くから、おいで」

西郷さんを膝の上に抱え、下駄箱の上に置いていたタオルで丁寧に拭いていく。相変わらず険しい顔つきで、ぶすっとはしているものの、されるがままだ。

西郷さんはこの家が落ち着くのだろうか。本当なら嬉しいけれど。

最後に後ろの右足を拭いてもらうと、西郷さんはひょいと飛び下りて振り返った。

ありがとよ。

視線で言って、しなやかな足取りで居間へ入る。壁に沿って進み、縁側の隅で丸まって寝息を立て始めた。

「ことりも、こっちおいでよ」

浩二君の向かいに座った隼人が、自分の隣の座布団をぽんぽんと叩く。お茶を淹れ、腰を下ろした。こたつの温度が冷えた足にじわじわと広がる。最高。

「お店、順調だね。今日も旅行客が来てたし」

浩二君がお茶をすする。隼人は「まぁね」とまんざらでもないように口の端を持ち上げた。

「畠中さん――浩二君のおじいさんも農具をくれたり、戸波さんも一緒に釣りを教えてくれたりさ。まじでみんな、いい人だよ」

「チョーさんのこともあったから心配したけど。今日の様子を見て安心したよ」

「まぁ、真面目にやってる姿でわかってもらうしかないよな。岩城さんの会社から魚を買えないのは悔しいけど」

　魚は隼人が釣ってきたものや、商店街の魚屋で仕入れるしか手段がない。釣りは運次第というところが大きく、魚屋で仕入れるのは高くつく。うちは食事代が五百円。とんでもなく世間知らずな価格設定だと思う。それでも家賃を払うのが精一杯の儲けで構わない。それが私と隼人の共通した考えだった。

「岩城さんはチョーさんの三歳下で、弟みたいに可愛がられてたから、頭が上がらないんだって。チョーさんは正義感の塊みたいな人だし、悪い人ではないんだけど」

　浩二君が湯呑みに手を添えたまま、苦笑した。

　あの人が正義感の塊。そうは見えないけれど。

「チョーさんにもきっと思うところがあるんだろうな。ん、どした？」

　昼寝をしていた西郷さんが飛び起き、耳を立て、縁側を右へ左へと落ち着きなく歩き回る。隼人が「おいで」と呼ぶと膝に丸まったが、耳はぴんと立ったままだ。

「まぁでも、確かにこのところ変な人がうろついてるって話だしね。うちの喫茶店にも、随分と横柄で妙な雰囲気の男の人が二日前に来たよ」

突然、低く唸るエンジン音が響き渡った。

「お邪魔しますぅ！　あら、浩二君じゃなぁい」

赤いライダースジャケットを着たマリーさんが入ってきて、体をくねらせた。

「マリーさん、こんにちは。あっ」

浩二君の視線が、マリーさんの後ろから現れた月子さんに釘付けになる。

「こんにちは。ちょっと遅いけど、お昼食べに来たの」

「すぐに用意しますね」

台所へ向かうと、すかさずマリーさんが滑り込むように私が座っていた座布団に正座した。月子さんもちょこんと隣に座る。正面の浩二君は耳まで真っ赤にして俯いていた。

わかりやすい。

洗った手を拭きながら、ふと浩二君の言葉が頭を過った。

――うちの喫茶店にも、随分と横柄で妙な雰囲気の男の人が二日前に来たよ。

まさか。いや、さすがにそれはない。本州で暮らしていた私を見つけられたとはいえ、ここは島だ。あれだけ気を付けて引っ越したのだ。捜し当てられるはずはない。ネガティブな考えを振り払うように両頰を叩いた。

隼人が店の看板を片付けている間、台所で食器を拭いていた。窓の隙間から流れ込む冷気に布巾がそよぐ。濃紺に染まった空には、一番星が輝いていた。

最後の湯呑みを食器棚に仕舞い、布巾で流しの周りを拭いていると、店の電話の音が廊下に響き渡った。

「はい、ことりの台所です」

「あら、ことり。お店はどう？　そろそろ営業時間は終わりでしょう？」

この家に引っ越して以来、こうして母から電話がかかってくるようになった。とはいえ心配するが故のものではなく、今日のメニューだったり、世間話だったり、五分程度で終わる話が多い。

「元気そうで良かった。風邪に気を付けてね。インフルエンザも流行ってるから」

「わかってる。ありがとう」

母からの電話を切り、テーブルを拭いていると、再び電話が鳴った。

「おっと、俺が出るわ」

ちょうどトイレを済ませ、洗面所から出てきた隼人が受話器を取った。

「もしもし。……あのー、聞こえます？」

どうしたのだろう。テーブルを拭く手が止まる。

「すみません、もう一回かけ直してもらえますか？　あ、なんだよ」

「どうしたの？」

「間違い電話だろ。切れちまった。片付け終わり？　残ってるなら俺もやるけど」

「ううん。もうないよ」

「そっか。今日もおつかれさん」

「おつかれさま。お風呂沸かそうか。入ってから向こうに戻るんでしょ」

向こう、と裏山の麓の小屋の方角を指した。

「いや。ちょっとだけ釣りに行こう」

「釣りって、今から？　私も？」

「うん。そんな長くはしないから。何か釣れたらアテでも作って晩酌《ばんしゃく》しよう」

隼人はそう言うと、酒は飲まないから温かいお茶で、と笑ってみせた。

森を抜けた大通りで待っていると、タクシーが夜道を煌々《こうこう》と照らしてやってきた。

「丸山さん、こんばんは」

「荷物はトランクにのせて。津久茂港でいいんだよね」

隼人が荷物を積み込みながら「お願いします」と答える。私は先にタクシーに乗ると、ルームミラー越しに丸山さんと目が合った。

「お揃いで釣りかい。上手いの？」

　竿を持っているような動きで手首を上下させる。

「いえ、私は未経験で。隼人はこっちに来てから教わってるみたいです」

「そうなんだ。でもここから津久茂港は遠いでしょ。隼人君は免許持ってないの？」

　隼人が車に乗り込み、タクシーは誰もいない大通りを陽ノ江へと向かって走り出す。

「持ってるんですけど車を買う余裕はなくて。でも、いつまでも戸波さんや畠中さんの車に乗せてもらうのも悪いし。毎回タクシーじゃ高くつくけど」

　丸山さんはステアリングを右に切りながら「あはは、それはなんとも言えないなぁ」と津久茂中学校から津久茂商店街の通りへと進む。

「そうだ、平昌社長いるでしょ。中古のミニバン要らないかって言ってたんだよね。うちは中古車屋じゃないから断ったけど、良かったら聞いとこうか」

「まじっすか？　あ、いや俺から頼みに行きます」

　丸山さんは僕から頼んだ方が話が早いんじゃないかと言ってくれたが、隼人は頑なに自分で行くと断っていた。

「足元に気を付けてね。暗いから、海に落ちないように」

「帰りはまた電話します。車の件も、教えてくれて助かりました。ありがとうございました」

隼人が深々と頭を下げたのを見て、私も慌てて同じように礼を言った。

「いいえ。また飲みに行こうね」

「はい、いつでも。楽しみにしてます」

たぬき顔の笑みで「良かったらことりちゃんも」と、お猪口《ちょこ》を傾けるような仕草をした。


今夜の海は穏やかで、足元に寄せた波がたぷん、たぷん、と音を立てていた。

海の果てに広がる水平線も、この時間は夜空に同化してわからない。黒いのっぺりとしたどん帳が下りているみたいだ。鋭く光る三日月が、夜の海に光の道を作る。細かな風に吹かれて小刻みに揺れ動く海面が、きらきらと光を散らしていた。

「丸山さんも言ってたけど、足元気を付けてな」

堤防の先端に到着すると、隼人がバケツと柄杓《ひしゃく》を地面に並べ始めた。バケツには赤色の何かが入っている。

「これは？」

「アミエビ。冷凍のブロックで売ってるんだ。それは解凍させたやつ」

で、これをすくって――とアミエビが入った柄杓を持たされた。

「待って。これ、どうするの」

「撒くんだよ。ほら、こうやって」

柄杓を持つ手に隼人の手が触れる。息がかかりそうな距離に、悲鳴にも似た声が出た。

「あ、ちが、ご、ごめんな、ごめんなさい」

「いや、俺が悪かった。ごめんな、大丈夫か？」

申し訳なくて、何度も何度も頷いた。まだこんなトラウマが残っているなんて。どうしよう。これじゃ自意識過剰みたいだ。気持ち悪いって思われるかもしれない。

「これを撒けばいいんだよね。この辺？」

なんとか心を落ち着かせて、適当な場所を指差した。

「んー、もうちょい向こう」

隼人が示した辺りをめがけて柄杓を振った。アミエビが黒い海にぱらぱらと沈む。

「はい。これ、ウキ固定式ってやつ。俺も一緒」

竿から垂れる糸にウキと重りと針が付いたシンプルな仕掛けだ。初心者用だろうか。

私たちの背にそびえる灯台の光が、黒い海面を右へ左へと撫でつける。ひょう、と吹き抜けた海風が首筋を撫で、亀のようにダウンジャケットに首をすぼめた。

「釣れるかな」

沈黙に耐え切れず聞いてみた。

隼人は「どうかなぁ」と柔らかく笑い、追加でアミエビを投げ入れる。たぷん、とぷん。波音が耳に心地いい。波間に揺蕩うウキを眺めながら静かな時間を過ごすのも悪くない。

「ねぇ、どうしてこの島で店をやりたいなんて思ったの？」

隼人には縁もゆかりもない島だ。苦労してまで、ここで暮らす理由なんてない。

「ん？　そんなの、ことりとまた店をやりたかったからに決まってんじゃん」

「……もしかして最初からそのつもりで？」

「あれ、気付かなかった？」

よいしょ、と隼人が地面に座る。私も同じように座ろうとすると、「ことりはここ」とクーラーボックスを寄せてくれた。

「店の名前、めっちゃ気に入ってんだよね。『ことりの台所』ってさ、俺が思い描いてた店のイメージとぴったりだったんだ」

その横顔が思いのほか真剣で、私は黙って釣り糸の先に視線を戻した。

「俺、母子家庭だったんだけどさ。母さんは全然家に帰ってこなくて、ばあちゃんに預けられてたんだ。ばあちゃんは優しくて大好きだったんだけど、中学の反抗期からめっちゃ遊び歩いてたわけ」

自嘲めいた笑みを浮かべ、金髪の前髪をかき上げた。

「たまり場にばあちゃんが来たことがあってさ。咥えてた煙草を捨てられて『何やってんだ』って。恥ずかしくて、無視してバイクに乗って逃げちまった。家にはたまに帰るくらい。腹減ったら夜中にちょっと戻って、また出て行ってって感じでさ」

一度唇を結び、ためらいがちに口を開いた。

「そんな生活が続いて中三の夜、同じように腹減って帰ったらばあちゃんが台所で倒れてたんだ。俺が見つけたときにはもう……息もしてなくてさ」

最後の言葉で力が緩んだように、僅かに声が震えるのがわかった。苦しそうな笑みを抱いた横顔が、すっと夜空を見上げる。瞳が悲しみの色を灯した。

「ごはん、作ってたんだ」

隼人は困ったように笑って、大きくゆっくりとため息をつく。

「コンロに鍋が二つあった。安全装置が働いて火は止まってたけど。煮物を鍋いっぱいに作ってたんだよ。あの日は筑前煮だったな。隣の鍋には味噌汁が入ってた」

ほんと、馬鹿だよな――。独り言のように呟いて、視線を落とす。

「毎日、毎日さ。気が向いたときしか帰らねぇ孫のために、夕飯作ってくれてたんだ。当たり前みたいにテーブルに並んでたから気付かなかった。俺はそれを感謝もせず当然のように食べて、ありがとうも言わずに、ごちそうさまも言わずに、また出ていってたんだよ」

釣り竿を握り直し、「それで、終わり。ばあちゃんは死んじまった」と苦笑した。

「弁当屋で働いてたのは、ばあちゃんにできなかったことをミツさんで償いたかったんだ。自分の罪滅ぼしだよ」

「……それでもミツさんは感謝してたよ」

手紙にも書いてあった。隼人はバイトを辞めたあとも、怪我をしたミツさんの手伝いをしていたのだ。

「罪滅ぼしでもなんでも、ミツさんは助かったって言ってたんだよ。それが全てでしょ」

理由がなんだって関係ない。「そっか」とほっとしたように隼人の肩が下がった。

「普通の家、普通の家庭。それってさ、普通じゃないんだよな。安心できる家があって、誰かが自分のためにごはんを作ってくれるって、すげぇ幸せなことなんだよ。俺は、ことりとならそんな場所が作れる。作りたいって、そう思ったんだよね」

そう言って急に大人っぽく微笑んだので、思わず顔を逸らした。

「あっ――動いてる！　隼人、ちょっと！」

「うおっ、来た来た！　落ち着いて、ほら、焦るなよ」

言われるがまま、リールを巻いていく。心臓の鼓動が聞こえるんじゃないだろうか。そう思ってしまうくらい隼人との距離が縮まる。

「ほら来たっ！」

「わぁ、すごいっ」

引き上げた糸の先にかかっていたのは、メジナだ。

月夜に輝くメジナに興奮したせいか、自分から隼人の手を取って飛び跳ねて喜んでいたことに気が付いたのは、布団に入ってからだった。

第十話　除夜の鐘と年越し蕎麦

「いちについてーっ」

大晦日の午前七時半。古民家に、隼人の声が響く。

「よーい……」

縁側の端で、四つん這いになったあかりちゃんの指先に力が入って、雑巾に皺が寄る。

「どんっ」

見事なスピードダッシュ。あかりちゃんのジーパンのお尻が遠ざかる。私は突然滑りが悪くなった雑巾につんのめってひっくり返った。

「わぁっ――」

ふぎゃっ。

転んだ拍子に、背中で西郷さんの尻尾を踏みつけた。

「ご、ごめん西郷さん」

何しとんじゃ！

背景にゴゴゴと効果音が見えそうな迫力ある表情に見下ろされていた。西郷さんは「ふんっ」と鼻を鳴らし、こたつの中にするりと入ってしまった。

「あかりちゃんの勝ちーっ。床も綺麗になったじゃん。いえーい、ありがとう」

隼人とハイタッチを交わしたあかりちゃんが、私のもとに駆け寄る。「お姉ちゃん、大丈夫？」と手を差し出してくれた。

「大丈夫だよ。ありがとう」

吸い付くような小さい手を握り返すと、あかりちゃんがにこっと笑う。お餅が左右についたような丸い頬がさらに膨らんで、目が線になる。可愛い。抱きしめたい衝動を抑えながら、頭をそっと撫でた。戸波さんが切っているらしい髪は、さらりと柔らかく、細い。庭から差す光に当たると茶色く透けているように見えた。

今日は戸波さんが急に仕事が入ったので、早朝からあかりちゃんを預かっている。こうしてちゃっかり大掃除に参加してもらったのは、あかりちゃん自身が「やりたい」と目を輝かせていたからだ。その好奇心と燃え滾《たぎ》るやる気に甘えることにした。

「お兄ちゃん、次は何する？」

「とりあえず休憩かな。お茶飲んで」

「まだ休憩いらないよ」

口を尖らせて拗《す》ねるあかりちゃんに、隼人は笑いながら私を見た。

「ことりが休憩したいって。付き合ってあげてよ。このままじゃ倒れちゃいそうだから」

「ちょっと、人のことを年寄りみたいに言わないでよ」

言いながら苦笑し、隼人が淹れてくれたお茶を飲んだ。

一年の終わり。今日もいい天気だ。庭のイロハモミジはすっかり葉を落とし、寒々しい冬の装いだ。裸の枝の向こうに、薄灰色の空を覗かせている。

庭に吹いた風に、枯れ葉が乾いた音を立て、くるくると円を描いて踊っていた。


「はい、水筒」

「ありがとー。わぁ、なんか遠足みたい」

水筒を手にしたあかりちゃんは「お兄ちゃん行こう」と隼人の手を引く。二人が靴を履き、裏庭に出るのを見送った私は、肘の上まで袖を捲り上げた。

頑固な汚れを落とす、と力強い文字で書かれた洗剤とスポンジ、雑巾を手にコンロに向き直る。これからこの汚れと戦うのだ。それが終わったら台所の拭き掃除を済ませ、開店準備。急げば間に合う。

「この笹を、こう周りに立てていくんだよ」

換気のために開けていた流しの前の窓から、畑で作業する二人の姿が見える。

「やる！　それちょうだい」

「オッケー。はい、どうぞ」

背の高い笹を地面に刺していく。笹の壁であかりちゃんが見えなくなった。

「上手いじゃん。その調子でスナップエンドウの周りを囲むんだよ。冬の冷たい風から守ってくれるんだって。本に書いてた」

「すごいねっ。あかり頑張る」

ほのぼのした光景に気を取られて、慌てて時計を確認した。こんなことをしている場合じゃない。無心に手を動かした。こびりついた茶色い汚れが、少しずつ落ちていく。

商品パッケージの「するする簡単に落ちる」とまではいかないものの、「このくらいでいいか」と思えるくらいには綺麗になった。というか、三十分も擦り続けて嫌気が差したというのが正しいのだけれど。

今日は大晦日。メニューは蕎麦だ。にしん蕎麦、とろろ蕎麦——これは卵黄を落として月見とろろ蕎麦にもできる。あかりちゃんの大好物のえび天蕎麦も用意しよう。

冷え切っていた台所が、湯気とコンロの火で暖かい空気に満たされていく。鰹節と昆布を煮出す。優しく、食欲をそそる香り。

隣の小鍋ではみりんを煮切り、砂糖とたまり醤油を加えて返しを作った。これとさっきの出汁を合わせれば蕎麦つゆになる。

「お邪魔しまーす」

馴染みのある二つの声が重なった。

「お母さん、いらっしゃい。ツバキさんも来てくださったんですね」

「ウォーキング帰りに、お母さんと家の前で会ってね。お蕎麦が食べられるって聞いて、ついてきちゃった」

「お母さん、朝ごはんもまだなの。もう食べられるかなって思って来てみたんだけど」

「できるけど……もしかして夜勤明けなんじゃない？」

こびりついて取れないクマが、落ち窪んだまぶたに影を落とす。全体的にぼろ雑巾みたいだ。表情にも張りがないし、出勤前にまとめている髪も毛先が飛び出している。

母は軽く笑って、あぁ寒い寒いと背中を丸めながらこたつ布団をお腹までかけた。

二人は月見とろろ蕎麦だ。談笑する声を背に蕎麦を茹でる。鰹と昆布の温かい出汁と蕎麦。とろろを絡めた蕎麦は、つるんとした喉越しで食べやすいのだろう。

「ことりちゃん、美味しいわこれ。最高」

ツバキさんが蕎麦に息を吹きかけ、一気にすする。

「あっという間になくなっちゃいそう。冷えた体が温まるわ。やっぱり夜勤明けでも来て正解だったな」

春頃には一皿のカレーすら食べきれなかった母が、美味しい美味しいと蕎麦をすすり、口いっぱいに頬張っている。良かった。

ようやく二人の談笑が再開したのは、つゆを飲み干してからだ。楽しそうな声に、食後の珈琲を淹れている間もどこか心が浮ついてしまう。

珈琲の馥郁《ふくいく》たる香りに、勇気を出してこの店を始めたことに間違いはなかったのだと至福の息を吐く。

「おい！」

幸せな瞬間を無遠慮に叩き壊す乱暴な声に、手にしていたポットを落としてしまった。冷たい音が台所に響いて、母が驚いた様子で暖簾から顔を出した。幸い、お湯は空になっていたから火傷は免《まぬか》れたが、追い打ちをかける怒鳴り声に、恐怖で体が縮こまってしまう。

「誰もいないのか！」

「ことりちゃん、大丈夫？」

ツバキさんも台所に入って来ると、今度は隼人の声が聞こえた。

「チョーさん、おはようございます。お食事ならどうぞ、上がってください」

やめて――

心臓が暴れる。拍動が、鼓膜を激しく揺さぶっていた。胸元を鷲掴みにして唾を呑む。

やっぱり私には無理だよ……。

「あ？　俺は客じゃない。これだよこれ、こっちには回覧板は届かないのか」

「すみません。見せてもらっていいですか」

沈黙が流れる。外がどういう状況なのか、ここからではさっぱりわからない。台所にへたり込んだまま耳をそばだてる。

母の手が、大丈夫よ、と私の背中をゆっくりと上下していた。

「内容はわかりました」

「わかりましたじゃねぇだろ」

「何がですか？」

隼人の声は相変わらず冷静だ。弁当屋に来た頃の彼なら、喧嘩腰に話してくる相手には迷いなく突っかかっていただろう。

「お前らが来てから酷くなってんだよ。港にゴミが捨てられるわ、うちの店にもマナーのなってねぇようなガキが来るんだ。ここ最近も、変な奴がうろついてるってのは知ってんのか？」

「変な奴？」

「星野地区の空き家で勝手に寝泊まりしたり、森で飲み食いして散らかしてるって話だ。やっぱりよそ者なんて入れるべきじゃなかったんだ」

「全部、俺らのせいだって言うんですか」

その言葉が気に食わなかったのだろうか。チョーさんの声が一層大きくなり、さらに怒りを滲ませた。

「一度ぬるいことを許すと、そこから一気に悪い方に状況が傾くってもんだよ。だから俺はこんな店を始めることに反対したんだ。第一、この場所はなぁ――」

「やめてください！」

「ちょ、おかあさ――」

金切り声を上げた母が、止めようとする私の手をすり抜けて台所を飛び出した。

「なんだ、あんた。あぁ、ここの娘の母親か」

「良い年した大の男が、そんな……脅すような態度で」

母の声が尻すぼみに消えていく。やれやれ、といった様子でツバキさんがあとを追うように居間を出た。

「あんた、もう帰んな」

ツバキさんの低い声が静かに響く。

「あ、な、なんだ……わかったよ。ったく、俺は間違ってねぇだろうが」

「さっさと！　帰んなっ」

もう一度、迫力を増したツバキさんが唸る。

「チョーさん。俺も、対策は考えます」

「考えるって、どうすんだよ」

「まだわかりませんが。なんとかします」

それと、と隼人が言葉を続けた。

「今度、チョーさんの店にも行かせてください」

「ふん。解決するまで、店の敷居はまたがせてやらん」

「ねぇ、お話はおしまい？」

張りつめていた空気が、あかりちゃんの声で一気に緩んだ。

「あ、ごめんな。ずっと隠れてたのか？」

「うん。あかりがいたら、駄目な気がしたから。まだだった？」

子供の登場に不意を突かれたらしいチョーさんは、

「と、とにかく今日は帰る。お前がさっき言ったこと、忘れねぇからな」

と釘を刺した。隼人も「わかってます」と言うと、ようやく店の外が静かになった。

「ことり、大丈夫よ」

台所に戻ってきた母の手から、恐怖と不安が痛いほどに伝わる。幼い子供をなだめるように、もう大丈夫、大丈夫だからね、と何度も繰り返していた。

「なんだ、隼人君いないの。これ、どこに停める？」

「えっと……その木のところにお願いします」

母たちが帰ったあと、少し早めに店を閉めた。あかりちゃんと散歩に出ようとしていると、白いミニバンに乗った平昌社長が訪ねてきた。

「車だぁ。お兄ちゃんが乗るの？」

「そうだよ。私は免許持ってないから」

お兄ちゃんが見たら喜ぶね、と嬉しそうに私と繋ぐ手に力を込める。隼人は白鷺地区の臨時集会に行っている。そのあとは浩二君の店にも寄るらしい。

「はい、これ車のキーね。渡しておいて」

「わざわざありがとうございます」

「手土産まで持って頭下げに来たから驚いたよ。そんなのしなくても車はあげたのに。見た目に寄らず真面目というか。律儀な変わった子だよ」

ポケットから飴玉を出してあかりちゃんに渡すと「またね」と歩いて帰っていった。

あかりちゃんと手を繋いで森を歩く。茶色く、赤く、黄色く。色付く木々に、鳥の声が反響する。

「寒くない？」

お昼は少し暖かいような気がしていたが、三時を過ぎた森はコートに両手も顔も引っ込めたくなるくらい寒い。

「うん、平気。お父さんに買ってもらったコート、すっごく暖かいの」

そう言って赤いコートの袖をぴんと伸ばした。

「そっか。よく似合ってるし可愛いよね。お姉さんみたいだよ」

お姉さん、という言葉が嬉しかったのだろうか。めいっぱい口角を上げて破顔した。さく、さく、と落ち葉を踏みしめる。あかりちゃんと繋ぐ手が温かい。森を抜けて広がる大通り。冬の西日が力強い光を放っていて、思わず顔をしかめた。

「どこ行くの？」

あかりちゃんの問いに少し悩んで、

「森林公園でも行こうか」

あかりちゃんが満面の笑みで頷いた。森林公園は、特にこれといった遊具があるわけではないが、小川があって、走り回るには充分な原っぱもある。確か、ブランコと滑り台くらいなら、あったような気がする。

「あら、森野さん。お店、繁盛してるんだってね」

白鷺公民館の前で声をかけてきたのは、自治会長の長野さんだ。厚手のジャンパーに黒のマフラー。冬の装いにもかかわらず、麦わら帽子をかぶっている。掃除でもしていたのだろうか。手には雑巾と洗剤スプレー。公民館の掃き出し窓から外したのだろう網戸が、玄関前に横たわっている。

「おかげさまで。集会は終わったんですか？」

「そうなのよ。かなり早く終わったから大掃除してたの」

今日は臨時集会と聞いていたし、もっと時間がかかると思っていたのだが。

「水島君よ。今日の集会は、島の環境と治安問題……ゴミ問題とか不審者とかそういうのね。その話をする予定だったんだけど、始まってすぐに水島君が提案してくれたのよ」

ゴミ問題と不審者。チョーさんが言っていたことだ。

「僕が毎日、朝のゴミ拾いと夕方のパトロールをしますって。さすがに彼一人でどうにかできる問題じゃないって話したんだけど、その熱意がすごくて。私、見直したわよ」

「お兄ちゃん、えらいね」

そうだね、と返しながら、どこか罪悪感にも似た感情が胸に渦巻いた。

私、何もしてないな――

「あら、ごめんね。足止めしちゃって。私も大掃除しちゃわないと」

長野さんと別れ、森林公園に向かった。

公園にはベンチで休憩している高齢女性が一人。飽きるまで滑り台で遊んだあかりちゃんと、二人並んでブランコを揺らした。

枝葉に覆われた広場の上にぽっかりと覗く丸い空。黄金色の斜陽が木々の合間から地上へ差して、長い影が伸びる。乾いた土や木の葉の匂いが清々しい。時折、さあっと抜ける冷たい風すらも、尊いものに思える。

「あかりちゃん、楽しい?」

「うん。どうして?」

足を曲げて、伸ばして。上体を反らしながら、あかりちゃんのブランコが次第に大きく揺れる。私は地面についたままの足で軽く前後しながら「うーん」と苦笑した。

「もっといろんな遊具とか、遊園地みたいなのがあればいいのにって思わない?」

今度はあかりちゃんが「うーん」と首を傾げ、すぐに「そうかなぁ」と言いながら勢いのついたブランコに身を任せるように、足をぴんと伸ばした。

「あかり、この島に来たときのことは覚えてないの。小さかったから。お母さんはあかりが生まれてすぐに心が疲れちゃって、帰ってこられなくなったんだって」

「そう、なんだ……」

「この島しか知らないし、つまんないとか思わないよ。毎日すごーく楽しい。お兄ちゃんもお姉ちゃんも、みんな優しいから大好き」

少女のあどけない笑顔に当たり障りのない返事しかできなくて。情けない。

「チョーさんも優しいんだよ。いつもお菓子くれるもん」

あの人が優しい？

眉間に皺を寄せ、顔を合わせても鼻であしらわれるか、文句を言われるか。あの高圧的な態度は父を彷彿《ほうふつ》とさせ、苦手意識を抱いてしまう。

「いつも可愛いねって言ってくれるの。今日はなんだか変だったね、チョーさん」

「変？」

通常運転に見えたけれど。

「だって、この前はお姉ちゃんたちのこと、嫌いなわけじゃないって言ってたんだよ。本当は応援したいんだよって」

「応援って、本当に？」

にわかに信じがたくて疑う私に、あかりちゃんは「本当だよぉ」と頬を膨らませて眉を吊り上げた。

ねぇ、チョーさんは他に何か言ってた？

そう聞こうとすると、失速したブランコに座るあかりちゃんの視線が、森林公園の入り口の方向――公衆トイレへと続く脇道に釘付けになった。

「お姉ちゃん、あの人なんだろう」

「え、どこ？」

すぐにあかりちゃんの指す方向を見たが、誰もいない。

「どんな人だった？」

「わかんない。すぐいなくなっちゃった」

あかりちゃんの小さな手が、不安そうに私のコートの裾を掴む。

「怖い顔でじっと見てた。おじいちゃんみたいな人だったよ」

戸波さんが店に迎えに来たのは、陽もすっかり落ちた頃だった。

「こんな時間までごめんね。助かったよ」

その場にしゃがみ、あかりちゃんが靴を履くのを手伝う。踵《かかと》が入らないと手こずっているようだ。

「私も楽しかったです。大掃除まで手伝ってもらっちゃって。助かりました」

「あはは、お役に立てたなら良かった」

なぁ、と戸波さんが小さな頭を撫でた。ようやく踵が入った靴のマジックテープをあかりちゃんが留める。

「隼人君はお出かけ？」

「そうなんです。もう帰ってくると思うんですけど」

本当にどこに行ったのだろう。戸波さんがあかりちゃんと手を繋いで玄関を出る。

「あ、ちょっと待ってください」

台所に用意しておいたトートバッグを持って玄関に戻った。

「良かったら夕飯に召し上がってください。お蕎麦を茹でるだけで済みますから。えび天蕎麦です。お出汁は別容器に入ってますから、温めて使ってください」

本当はお昼に食べてもらうつもりだったが、あかりちゃんが「お父さんと食べたい」と言ったので、お昼は急遽オムライスに変更した。

「ありがとう。カップ麺でも食べようかと思ってたから嬉しいよ」

「お姉ちゃん、ありがとう」

家の前で二人を見送り、戻ろうとすると、タクシーが敷地の前で停まった。

「どうも、ことりちゃん。もう営業終わり？」

開いた運転席の窓から見上げてきたのは、たぬき顔の丸山さんだ。

「あ、えっと……まだ大丈夫ですよ」

「お蕎麦食べたい」

助手席から丸山さんを押しのけたのは月子さん。

「では、中へどうぞ」

今度は後部座席の窓が開いた。派手な長い巻き髪のマリーさんが、窓枠を埋め尽くす。

「やぁん、嬉しいっ。ねぇ、浩二君」

腕を首に回された浩二君の苦しそうな呻き声が、後部座席の奥から聞こえた。

「お待たせしました。マリーさんと月子さんがにしん蕎麦。月子さんはネギ大盛りです」

月子さんのは大盛りの九条ネギがのせてある。台所に入ってきた月子さんに確認してもらいながら調節したネギの量は、彼女なりに「にしんの味を消さないように」と控えめにしているらしい。

「月ちゃんのネギ好きは相当よね。もう変態よ。変態レベルよ」

マリーさんに茶化されても全く動じない月子さんは「好きなものは好き」と両手を合わせて、いただきます、と囁くように唇を動かした。

丸山さんは月見蕎麦、浩二君はえび天蕎麦だ。配膳を済ませ、台所で休憩していると玄関が開く音がした。間もなくして声——奇声を上げたのはマリーさんだ。

「ちょおっと！　隼人君、どうしたのっ」

「おっ、みなさんお揃いで。へへっ、どうですか」

「いいんじゃない」

ぽつりとこぼれるような月子さんの声。

「意外と似合うね。うちの店に来たときはパトロールに行くって言ってたけど、美容院にも行ったんだ」

美容院？

居間に出ようとすると、隼人が先に暖簾を捲った。

「よっ、ただいま」

「えっ……えぇっ⁉　どうしたのそれ」

「どうよ」

「どうよって……」

髪が黒い！　ど派手な金髪だったのに、真っ黒だ。

「ふっふーん。言葉を失うほどの色男ってこと？」

にひひ、と笑いながらも、少し照れくさそうに前髪をくしゃくしゃと手櫛でほぐした。

「なんで染めちゃったの？　島の人から何か言われた？」

「いや。俺は俺のやりたいようにやっただけ。ここでの暮らしを良くしたい。島の人と仲良くなりたい。もしかして俺の見た目のせいもあるんじゃないか——ってことで、じゃあ染めよっかなってね。もちろん行動でも示すけどさ。でも印象が悪いせいで門前払いされるなら染めちまえってこと」

いろいろ上手くいけば戻すかもしれないけど、と不敵に笑うところは相変わらずなのだが。話を聞いていたマリーさんが真っ先に口を開いた。

「えらい！　えらいわよぉ、感動しちゃった。あたしには真似できないわ。自分が変わる努力ができる人は強いわよ。やぁだ、もう浩二君だけじゃなくて、隼人君まで好きになっちゃって、どうしてくれんのよぅ」

んもうっ、とハートのウインクを飛ばす様子に、丸山さんが大笑いした。

みんなが帰ったあとは、隼人と二人で蕎麦を食べ、こたつでみかんを剥いていた。

除夜の鐘の音が、風の丘にある寺から鳴り響く。

「ほらほら、今年も終わるぜ」

かち、こち、と壁掛けの振り子時計の秒針が、今年最後の十秒を刻む。

「九、八、七」

隼人が一秒ずつカウントダウンしていく。

「六、五、四」

「ぶにゃあん」

「三、二――うわっ、ちょ、待って。こら、そんなもんどこからっ」

西郷さんが得意げに見せたのはトカゲだ。

「やだ！　来ないでっ、いやあぁっ」

「あ、逃げんなよっ。ごめんな西郷さん。すごいんだけど、家は駄目だよ」

隼人は申し訳なさそうにトカゲを庭に出した。西郷さんは特に執着するでも、悲しそうにするでもなく、澄ました顔で縁側の寝床に戻っていった。

「隼人」

「ん？」

ガラス戸を閉めた隼人が、やれやれ、とこたつに入る。

「年、明けちゃった」

「うわっ、ほんとだ。あーあ、あともうちょいだったのに」

隼人が残念そうに肩を落とした。

「まぁ、いいや。今年もよろしくお願いします」

改まってテーブルに両手と頭をつける姿に噴き出して、

「こちらこそ、よろしくお願いします」

同じように頭を下げた。

隼人の後ろに見える庭の景色に、ひらり、ひらりと雪がちらつき始めていた。

第十一話　鶏団子鍋

まずい。赤字だ。

大学ノートに記した数字の羅列を眺めては、髪を乱暴に掻き毟る。ページをぱらぱらと捲り、嘆息した。風呂場からシャワーの音が消え、安物のドライヤーの騒音が消えたことにも気付かず、さみぃーと小走りでこたつに入ってきた隼人にも顔を上げないまま唸る。

「ことり、どうした？　それ帳簿だろ」

「うーん」

「はい、見せてくださいねー」

「ちょ、返し──」

ノートを取り上げると、私の手が届かないよう自分の膝の上に置いた。風呂上がりの隼人から石鹸の匂いがする。整髪料が取れてボリュームが落ちた黒髪のせいか、金髪の頃より色白に見えた。そんな隼人の視線がノートのページを行き来する。青ざめる私よりも随分と冷静なようだ。

「ことりちゃんはあれだ。先月の赤字を嘆いているわけだ」

「まぁ、ね」

丸山さんの実家の養鶏場の卵と、風の丘地区の野菜、マリーさんの農場の牛乳は仕入れができているが、問題は魚だ。隼人が釣ってくる分もあるが、鮮魚店で買うのがほとんど。痛い出費になっているのは事実だ。

「もうちょい待ってよ。大丈夫だから。畠中さんにだって釣りの腕前は褒められてるし」

「へぇ」

大丈夫ってどこがよ。

冷たい感情が湧き上がってノートを奪い返した。家賃が一万円なのが救いだ。せめて裏庭の畑から充分に収穫できるようになるといいが、正直、今の状態ではあてにできない。

「そんなことよりさっ」

隼人が台所からパウンドケーキを持ってきた。今日の夕方に作ったものだ。

「これ食べたくて、マッハで風呂上がってきたんだけど」

「わかった。じゃあ珈琲淹れるね」

「じゃあ俺は切る係やりまーす」

隼人といると、怒りとか不安とか、そういった負の感情が一気に冷めてしまう。冷めるというか、無理矢理冷まされるというか。感情の鍋が怒りで沸騰していても、大量の水をぶちまけられているみたい。

珈琲を淹れる私の隣で、隼人が上機嫌でパウンドケーキを切る。これはバナナのパウンドケーキだ。浩二君にレシピを教えてもらった。コツが掴めなくて膨らみが足りないものの、初めてにしてはいい出来だと自負している。

それにしても。いくら三歳年下とはいえ、本当はもっと離れているんじゃないかと思うくらい、無邪気で無神経な男だ。小学生の……いや、幼稚園児くらいの弟を相手にしているみたいな。

「こっちがことりの分な」

「うん、ありがとう」

温かい珈琲が入ったカップをパウンドケーキと同じお盆にのせて、笑みがこぼれる。私の方がバナナが多い――

こういう小さな優しさがあるから、邪険にできないのだけれど。


一月。霜が降りた津久茂島の景色は、繊細な光を抱いていた。空気が澄んだ静かな朝。太陽に向かって吐いた息が、白く、ふわふわと形を崩して霧散した。

郵便ポストには一枚のチラシが入っていた。今日の日付と、ポップなオレンジ色の文字で朝市と書かれている。

津久茂島のゆるキャラ「ツクモン」が、右手に牛乳、左手に白菜を持ち、にわとり頭の姿で描かれている。よく見たら、ツクモンが着ている青いつなぎの胸元のロゴは魚だ。なんて情報過多なキャラクターだろう。そんなツクモンに雲のような吹き出しが付けられていた。

朝八時から十時。役場入り口、イベントスペースで待ってるよ。

「へぇ……」

あの洋食黒猫の跡地だ。あれから一度も行ってないな、とチラシに視線を落としたまま家へと方向転換する。

今から朝食をとっても間に合うはずだが、まだバスは走っていないし、赤字経営でタクシーを呼ぶお金は惜しい。

「あ、いいところに！」

タイミング良く、裏庭から玄関に回ってくる隼人の姿があった。長靴に軍手、剪定《せんてい》ばさみと、かごを手にしている。

「俺もことりを捜してたんだよ。見て、今朝の収穫。小松菜が採れたんだ。白さび病でいくつか駄目になっちまったけどさ。これだけでも採れたの感動だわ。朝ごはんくらいの量しかないけど」

「私も間引き手伝ったやつだよね。すごいね」

最初から最後まで私が育てたわけじゃないけれど……それでもこれだけ大きくなったんだ。命あるものを育てるのは気が引けたが、隼人は毎日世話をして、ちゃんと収穫できるまで育てた。

やってみなきゃわからない。

その言葉を思い出し、小松菜を一つ手に取って感慨深いような気持ちになる。

「ん、西郷さん。おはよ。散歩か？　こんな寒いのにえらいな」

玄関から出てきた西郷さんが、長い尻尾を左右に振ってから去っていく。人間が、ばいばい、と手を振っているみたいだ。

「待って。お願いがあるんだけど」

再び裏庭に戻ろうとする隼人を呼び止める。

「役場に八時につくように、車で送って欲しいの。朝市があるんだって」

「いいよ。とりあえず野菜洗ってくるわ」

私はチラシを四つ折りにして上着のポケットに仕舞う。小松菜で何を作ろう。油揚げと一緒に炊くのはどうかな。優しい出汁に、油揚げを入れることで増すコク。小松菜がくったりとした煮浸しと、ごはん、お味噌汁。うん、完璧。想像した料理に、お腹の虫が、ぎゅるるると鳴いた。


助手席に乗り込む。シートベルトを締めて準備は万全。隼人がステアリングを握り、「行くか」とアクセルペダルを踏み込んだ。

「やっぱ車があると便利だよな」

「そうだね」

木漏れ日が降り注ぐ森を抜け、大通りを下る。窓の外を流れていく薄色の津久茂島の風景を眺めているだけでも、なんだか楽しい。

ブロッコリーみたいなシルエットの森林公園から、鳥の群れが飛び立つ。白鷺公民館のベンチで談笑する人たちの輪に、麦わら帽子をかぶる長野さんがいるのが見えた。

「隼人はゴミ拾いに行くの？」

「そう。津久茂港の辺りとか、観光客が立ち寄る辺りを重点的にね。星野地区の空き家にも行ってみようと思う。マリーさんに場所を聞いてからね。ゴミ拾いも兼ねて、様子を見に行こうと思って」

私は「そっか」と呟いて、大通りの先を見つめた。津久茂中学の塀が見える。あそこを右折すれば津久茂商店街。そこから道なりに進めば役場につく。

「なんなんだろうね。空き家で寝泊まりしてる人って」

「さぁね。宿代を浮かすためかもしれないし。まだわかんねぇけど」

役場前の広場で車から降りる。すでに玄関には二十人近くが列を作っていた。

「送ってくれてありがとう」

開いた窓から礼を言うと、隼人が「おう」と口角を上げる。

「帰りはどうすんの？　公衆電話からスマホにかけてくれたら迎えに来るけど」

「ううん、帰りはバスがあるから平気。ありがとうね」

「まぁ、もし来て欲しかったら連絡してよ」

「わかった」

隼人の車を見送ってから、列の最後尾に並んだ。

玄関が開き、待ち構えていたツクモンに招き入れられ、かつての洋食黒猫へと案内された。いくつもの長机に、それぞれの農家が育てた作物が隙間なく並べられている。

「あら、あなた。前にハンバーグを食べに来てくれた方ですね」

洋食黒猫の奥さんだ。マトリョーシカを彷彿とさせる体形は変わっていないものの、あの頃とはまた違った溌剌とした表情だ。ここのスペースは彼女の店らしい。

「今は野菜を作ってらっしゃるんですね」

「そうなんです。元々は趣味で作ってたんですけど、店を辞めてから主人と本格的に野菜作りをするようになってね。こうして売ることにしたんですよ」

並べられた野菜はどれも色鮮やかで、立派なものばかりだ。張りがあり、新鮮だということは一目見てわかる。

「じゃあこれ、お願いします」

「ありがとうございます」

一通り見て回り、朝市をあとにした。バスを待つ列に並びながら、腕時計を確認する。今日は十時の開店にしてあるおかげで間に合いそうだ。エコバッグから飛び出したネギの位置を調整していると、肩を叩かれた。

「ことり。来てたのね」

母が「おはよう」と首を傾げる。エコバッグには大根やキャベツなどぎっしり入っているらしく、重みでバッグの底が変形していた。

「たくさん買ったんだね」

「大根は浅漬けにするのよ。ツバキさん、お母さんが作った浅漬けが好きって言ってくれるから、たくさん作って持って行ってあげようと思うの」

母の笑顔に、私も釣られて微笑んだ。

この島に引っ越した日のことを、乳白色の空に憶《おも》う。


小学校を卒業してすぐ。今頃、同級生たちの心は春を彩る桜のように、暖かな風に吹かれているのだろう。桜風を肌に感じ、新生活を心待ちにする。今日は何をしよう、誰と遊ぼう――そんな当たり前の日常の、どうでもいいような幸せな悩みを真剣に考えているのだろうか。私の心は、そんなどうでもいいようなことを考える余裕すらないのに。

遠景に津久茂島の薄青いシルエットを見据えながら、これから始まるあの島での暮らしに、不安と、反抗心と、やり場のない苛立ちを抱いていた。

「ことり、ごめんね」

「……何が？」

心に渦巻く靄《もや》が、怒りの感情を抱いて暗い色に染まっていく。

「いつもお母さんのわがままに付き合わせちゃって。ごめんなさい」

「やめてよ」

正直言って、うんざりした。

「お母さんのせいじゃないでしょ」

声に表れてしまう苛立ちを打ち消すように、わざと大きな咳払いをした。

母のせいじゃない、全ては父のせいだ。陰湿で粘着質。母のあとを付け回して、離婚してからもずっと母を悩ませる。別れても、父の影が消えない生活。

離婚したって、ことりは俺の娘だ。

箪笥から見つけたその手紙のことを母に訊ねると、職場に届いたものだと言っていた。それから少しして、この島に引っ越すと言ったのだ。

だから私は今、母と共に島へと逃げるために船に乗っている。

どうして被害に遭った私たちが、逃げる生活をしなければならないのだ。

一緒に暮らしているときに散々苦しめられ、離婚してもなお怯える暮らし。

母が父に離婚届を渡したときは、それはもう酷いものだった。それまで見てきた父とは比べ物にならない剣幕で怒鳴り、テーブルの物を床にまき散らした。

父は、母自身には直接手を上げない。代わりに周りの物に当たり、怒りの感情をアピールするかのように、自室に戻ってからも異常な物音を立て続ける。高圧的な態度で相手を委縮させ、父の顔色を窺う母を、さらに不安と恐怖で支配する。そういう人だ。

それに加えて質《たち》が悪いのは、父の外面は完璧だということ。近所の人にも愛想が良く、地域の祭り事にもきちんと参加する。だから、周りの人は一様に父を褒めるのだ。

優しくて、いいご主人ね――と。

「お母さん、絶対にことりを守るから」

「別に。私は危険な目に遭ってないもん。いろいろあったのはお母さんでしょ」

母は答えなかった。ただ真っ直ぐに、ぼんやりとした景色から次第に輪郭を現す津久茂島の山並みに目を向けていた。

「まもなく到着します」

船員の声を背に、少し緊張して手すりをぎゅっと握る。

港に船が近付く。荷物を取りに行こうと船室のドアノブに手をかけたとき、甲板に残っていた母の声が聞こえた気がした。

二度と、悪魔の手にはならないから――

白鷺公民館前のバス停で下車し、窓越しに母に手を振る。

雨だ。役場では晴れていたのに、白鷺に入ってから雲が厚みを増し、家のある方角は黒く重たい雲が覆っていた。

急がなきゃ。

ぽつり、と雨粒が額に落ちた。エコバッグを胸に抱え、森に足を踏み入れる。生い茂る木々のおかげで雨を避けられたが、出口で立ち止まってしまった。ぼたぼたと大きな雨粒に砂利道の色が染まっていく。

「あっ、西郷さん」

なんだ？

茂みから飛び出してきた西郷さんが、鬱陶しそうに足を止めた。

「ごめん、急ごうか」

西郷さんなら一目散に走り出すかと思ったが、運動不足の私に合わせて一緒に走ってくれていた。

「ありがとうね」

玄関で体を拭いて抱きしめると、いつも通り鼻であしらわれてしまうのだから、よくわからない猫だ。

「今日は一人鍋にしようかな。あとはお味噌汁と、大根の浅漬け……と」

今日の献立を書いた紙をメニュースタンドに立て、台所で下ごしらえを始める。

お味噌汁はなめこだ。朝市で買った食材を台所のテーブルに並べ、時計を見上げた。

九時半――ごはんは家を出る前に水に浸けておいたので、開店時間には間に合う。

大根は、母からの話を聞いて浅漬けにすることにした。鍋は、水菜、春菊、豆腐、白ネギ、鶏団子を入れよう。卓上のいろり鍋を買っておいて良かった。私は「いらないよ」と突っぱねていたが、隼人が絶対に使うときが来ると言ったのだ。

冷たい冬の雨の中来てくれたお客さんが、こたつに入りながらお鍋を食べる。隼人の押しに負けて正解だったかもしれない。

大根を半月切りにし、漬け汁を作る。昆布と鰹節で出汁を取ったものに、薄口醤油、みりん、塩、酒を火にかけて冷ます。そこに酢と砂糖、鷹の爪を入れて冷蔵庫で寝かせるだけだ。

食材はたくさんあるから、夕飯にも食べられるかな。

そんなことを考えながら準備していると、表の方から声がしてきた。雨音でよく聞こえないが、男の人の声だ。

「隼人かな」

ゴミ拾いの帰りだろうから、濡れてるかも。洗面所からタオルを取って玄関へ走る。

ドアを開ける前に、手が止まった。

違う、隼人じゃない――

少なくとも二人、いや三人の声がする。声が遠いのは雨のせいもあるだろうが、どうやら玄関のすぐ前にいるというわけではなさそうだ。

お客さんかな……。聞こえてくる馬鹿笑いと騒ぐ声に、私の心が不安定に揺れる。あの笑い声は嫌だ。高圧的ではないにしても、嘲笑するようなのは嫌い。しかも恐らく全員男だ。もし入ってきたら……。

そのとき、玄関の扉に何かが飛んできた。ガンッと鋭い音がして、咄嗟に身を縮める。扉のガラス部分にぼんやりと転がる「何か」が見えた。茶色くて、四角くて、小さい。

まさか――

不安も恐怖も全て押し殺して、咄嗟に扉を開けてしまった。そこに落ちていたのは、柵にかけてあったはずの店の看板だ。雨が染みて、青い鳥が泥をかぶっていた。

二十歳前後だろうか。雨合羽《あまガッパ》を着た三人の男の視線が、立ちすくむ私に一斉に集まる。一瞬の沈黙が生まれ、すぐにどっと甲高い笑いが沸き起こった。

「おっ、なんと向こうからお出ましー」

「いやいや、待って待って！　やばいって、生きてる人間かわからないし！」

「じゃあ勇気を出して突撃しますか！　で、誰が行く？　じゃんけん？」

そうして始まったじゃんけん。いや、カメラはお前が持ってるんだから、俺だけじゃ撮れないし。じゃあ全員で行くぞ。ゲラゲラと不快な笑い声を響かせながら向かってくる。

「ちょっと、やだっ」

男が黒い棒の先に取り付けたスマホをこちらに向けているではないか。画面には驚く私のみっともない顔が真正面から映っていた。

「ここって心霊スポットじゃないっすか」

「お姉さん、生きてます？」

好奇に満ちたきつね目の男が、顔を隠そうとする私を下から覗き込む。ぎらついた目と、嬉々として弧を描く口元が気持ち悪い。

「やめてくださいっ」

「そんなビビんないでよ。つーか、どうすんの。ネットに上がってた雰囲気と全然違うんだけど。入る？」

ワイドジーンズの男が煙草を咥えて火を点けた。ツンと喉を刺す強い臭いに咳き込む。だが、そんな私を見ても誰も気にする様子はない。ダッフルコートの男が面倒くさそうに続けた。

「せっかく島まで来たからなぁ。綺麗になってんのがガッカリだけどいいんじゃね。

とりあえず入ろう」

やめてっ――

フギャーッ！

「うわっ、いってぇ。なんだこいつ」

アオーッ……フギャアアッ！

こげ茶色の黒糖饅頭そのものの塊が、スマホを持っていたきつね目の男に飛びかかる。

「西郷さんっ」

さすがに怪我をさせるわけにはいかない。それに、やり返されたら西郷さんが危ない。

爪を立てて地面に踏ん張り、次の攻撃を仕掛ける体勢の西郷さんに覆いかぶさった。

「おめぇら、何やってんだ」

どすの利いた声に、三人の意識が敷地の入り口に移った。

「おう、お前らもしかして廃墟の動画を撮りに来たってぇのか。あ？」

チョーさんだ。恰幅のいい大男が、大股でぐいぐいと迫り来る。私の足元に転がっていた看板に手を伸ばすと、泥を払って差し出した。

「あ、ありがとうございます」

震える声で礼を言ったが、チョーさんの視線はすぐに男たちに向けられる。

「廃墟の動画を！　撮りに来たのかって、聞いてんだよ！」

言葉を失う三人に、苛立ったように舌打ちする。男が咥えていた煙草を抜き取り、地面に叩きつけて踏みつぶした。

「さっきまでベラベラ大声で騒いでただろうが。おい、返事しろや。お前、カメラこっちに向けろ」

「いや、大丈夫っす」

きつね目の男が上擦った声を絞り出す。

「大丈夫っすじゃねぇよ。俺を映せってんだ。俺はこの家の持ち主にガキの頃から世話になっててなぁ。親同然なんだよ。つまりここは俺んちも同然ってわけだ。てめぇらみてぇなガキが寄りつかねぇように、全世界に配信してくれや」

怯える三人と大男を前に、この状況をどうしたらいいのかと必死で頭を回転させていると、一台のバンが柵の向こうに停まった。

「何やってんだよ。ことり、大丈夫か。びしょ濡れじゃん。西郷さんも、チョーさんまで。どういうことだよ」

「は、隼人」

良かった――

安心して腰が抜けた。

「なんだそのスマホ。もしかして例の廃墟を配信してる奴か？」

「いや、なんでもないっす。帰ろうぜ」

ワイドジーンズの男が動画も消します、と背を向ける。

「ちょい待て」

隼人の手が男の肩を掴んだ。

「今、この場で消してくれる？　スマホ貸して。俺がやる」

きつね目の男が恐る恐る渡したスマホを受け取ると、手早く削除した。

「はい、ありがと。もうこういうのやめた方がいいよ。やるなら、みんなが本当に楽しめることやりなよ。こんなんで楽しいの、君らだけでしょ」

隼人は三人に「ごはん、食べていく？」と聞いていたが、もちろん三人は首を縦に振るわけもなかった。


「チョーさん、ごはんは大盛りだって。俺がやるから、ことりは鍋の準備頼むわ。固形燃料も出しとくよ」

昆布出汁の入った一人用のいろり鍋に鶏団子を落とす。水菜、白ネギ、豆腐、春菊はお皿に盛り付ける。大根の浅漬けもいい具合に味が染みているようだ。

「お鍋、できたよ」

「おっす。じゃあ持ってくわ。ちょっとだけチョーさんと話さない？」

断りたくなる気持ちを抑えて頷いた。

縁側の寝床で西郷さんが溶けた黒糖饅頭みたいにだらけていた。もちろん黒糖饅頭は溶けたりしないが、うちのは例外だ。お肉がでろんとクッションからはみ出ている。

チョーさんはあぐらをかいたまま、鶏団子が煮える鍋に水菜とネギ、豆腐をそっとすくって入れた。

「兄ちゃん。本当に島中のゴミ拾い、してるんだってな。朝、津久茂港を一人で回ってただろ。寒かったんじゃないか」

「自分で言い出したことですから。それと、星野地区の空き家を見てきました。確かに誰かが入った跡がありますね。まだ新しい空き缶とか、毛布までありましたから」

「そうか。さっきの奴らと関係あるかもしれねぇし。これで落ち着くといいんだがな」

「ですね。また様子を見に行ってみます」

ぐつぐつと鍋の具が震える。水菜をポン酢に浸し、チョーさんの大きな口が熱そうにはふはふと息を出す。

「星野地区であの子も一緒だったな。見かけたから……偶然」

「あの子って、月子さんですか？」

「あぁ、まぁ……」

「マリーさんの家でお会いして、空き家を見たいって言うんで一緒に行きました。でも危ないんで中には入らせてません。ゴミ拾いもやりたいと言ってくれたんですが、雨も降りそうだったんで断りましたし……なんで月子さんのことを?」

「別に。おい、嬢ちゃん」

「え、あっ、はいっ」

「旨い」

チョーさんが私の料理を、旨い?

「鍋だけじゃなくて、味噌汁も米の炊き具合も。同じ料理人として褒めてる」

「ありがとう、ございます」

「大変だろう、商売ってのは」

「そうですね。理想だけではやっていけないというか」

実際、赤字だし。すると、チョーさんが鶏団子を食べながら鼻で笑う。

「そりゃそうだ。俺だって最初は苦労した。お前らみたいなひよっこに上手くいかれちゃ立場がなくなる」

不器用にはにかむ表情が見たこともないくらい優しくて、チョーさんのイメージが一変した。

「あの子は……」

「月子さんですか」

隼人が言って、お茶を飲む。私も湯呑みを口にした。緑茶の水面に、緊張の解けた顔が浮かぶ。

「あぁ」

何をそんなに月子さんの名を口にするのを躊躇うのか。

「よく来るのか」

「マリーさんと一緒に来ることが多いですね。でも最初はお一人でしたよ」

「ネギか」

「はい。よくご存じですね。ネギがお好きみたいで」

隼人が答える隣で私は頷くばかり。チョーさんは喉の奥で笑いながら、大根の浅漬けを口に放り込んだ。

「ここでもネギばっかり食ってるのか」

「どうして月子さんのことをそんなに？」

隼人が訊ねると、チョーさんは「あの子は」とお茶を飲んでから、ふぅ、と息を吐く。

「月子は俺の娘だからな」

「はぁー、うんまっ。やっぱいいね。こたつで鍋って最高だよな」

午後八時。カセットコンロにのせた鍋で、たっぷりの野菜と鶏団子、豆腐がぷるぷると煮えている。

西郷さんは、こたつの中で私と隼人の足を行き来しては、ごろごろと体を擦り付けていた。

「それにしてもびっくりだよな。月子さんがチョーさんの娘だなんて。しかも奥さんはツバキさんだろ。別居中って言ってたけど」

私は「そうだね」と返しながら、ネギをポン酢に浸して食べる。甘くてとろりとしたネギが、さっぱりとしたポン酢と合わさって美味しい。

あの賑やかなツバキさんと、ぶっきらぼうで体の大きなチョーさんから、透明感の塊のような月子さんが生まれるなんて。まぁ、親子とはいえ別の人間なのだから似ていなくても当然か、と鶏団子を食べた。ふわふわの鶏団子はほんのりと生姜の風味が漂う。

「マリーさんに対する態度は酷かったけど」

隼人が口元を押さえながら笑う。

「確かに」

マリーさんのことを話すチョーさんときたら。まさしく苦虫を噛みつぶしたような顔なのだ。口いっぱいに苦虫が入っているような、すごい顔をしていた。

「俺の月子を、ふざけたオカマがたぶらかしてやがる！　って愚痴ってたもんな」

だが彼女を見ている限り、たぶらかされているようには見えない。いつもマリーさんが大声で騒いで、月子さんは全く動じず、なんなら呆れていることもあるくらいだ。呆れながらも楽しそうで、とても相性のいい親友のように見える。

「でも良かったね。チョーさん、打ち解けてくれて」

チョーさんが隼人を許すきっかけになったのは、パトロールやゴミ拾いをする姿だったらしい。

島で起こる問題に向き合って、解決策を考える。自分で言い出したことを曲げない誠実さ。それは今回のゴミ拾いだけではなく、廃墟の古民家を再生させたことも含めてだ。

それに月子さんはいろんな人と親しくできる方ではなく、自分から声をかけることもめったにないらしい。周りに害を与えない、本当に優しい人だけを見抜くのが上手い彼女が、自分の意志で隼人についていった。その姿にチョーさんも驚いたらしい。

「店にも来ていいって言ってくれたし。近いうちに行ってみるか」

「そのときは私も行きたい。って、それ私の鶏団子！」

「んー？　これは一人鍋じゃないし、早い者勝ちですよ――いてっ。西郷さん、引っ掻いただろ」

こたつを捲ると、西郷さんは私の膝に移動してきた。

「あ、逃げた。俺がことりの鶏団子を奪ったから」

「そうなのかな」

こげ茶色のお尻と背中がこたつ布団から見えている。ゆっくりと顔を出し、にゃあ、と満足そうに鳴いた。

爪は立てていなかったようで、隼人は傷一つなかった。引っ掻いたというより、猫パンチだったらしい。今のはふざけただけだろうが、雨の中私に歩幅を合わせてくれたことや、三人組に絡まれたときに助けてくれたことも、西郷さんなりに私を気にかけてくれている証拠なのかもしれない。

「ぶっきらぼうでそっけないのに、本当は優しいって、人も動物も一緒なのかな」

私が言うと「なんだそれ」と、笑いながら私のネギを取った隼人を、今度こそ本当に怒った。

昨夜のパウンドケーキの件。優しいと思ったのは撤回だ。


「雨漏り?」

その日の夜、歯磨きをしていると、小屋に帰ったはずの隼人が戻ってきた。

「そう。もうびっしょびしょ。雨が強いから、雨漏りも滝みたいになってる」

悪いけどこっちで寝るわ、とトイレ横の空き部屋に入った。

それにしても雨漏りとは大変だ。明日にでも、平昌社長に修理を頼まないと。

「ん？」

電話だろうか、誰かと話しているようだ。

それから間もなくして隼人が「ことり！」と血相を変えて洗面所に飛び込んできた。

「浩二君が救急車で運ばれたって」

第十二話　梅に鶯《うぐいす》

「悪いな、隼人君。ことりちゃんも心配してくれて、ありがとうな」

畠中さんが箪笥から出した浩二君のシャツをトートバッグに詰める。

「いえ、俺らも一度様子を見ないと落ち着かないですし。邪魔になるといけないんで、すぐに帰りますが。畠中さんが帰るとき、連絡くれたら港まで迎えに行きますよ」

「大丈夫や、帰りはタクシー呼ぶから。しかしほんま、具合悪なったときに月子ちゃんがおってくれて良かったわ。一人やったらと思うとゾッとする。よし、ほんなら行こか」

二階の部屋から喫茶クラウンの店内を通って外へ出る。隼人の運転する車で、津久茂港へと向かった。

「浩二君、入院したって聞きましたけど」

津久茂島と本州を結ぶ連絡船の甲板に三人でいるところを、船員の戸波さんが声をかけてきた。昨夜、浩二君が店で倒れたという噂は、もう島中に広まっていたらしい。戸波さんは船員同士の会話から聞いたという。田舎の恐るべき情報網である。

「なんや、疲れが溜まっとったらしいわ。新しいメニュー考えてると、すぐ夜更かししよるからな。一応、検査でもしとこかってなっただけや」

隼人がマリーさんから受けた電話でも、同じ内容の話を聞いていた。

月子さんが言うには、閉店後の店でマリーさんを待っていると、浩二君がお腹が痛いから少し二階で休むと言ったそうだ。店を訪ねたときから少し顔色が悪かったらしく、しばらくして様子を見に行くと、ベッドの前でうずくまっていたらしい。意識があり、会話もできるのにと浩二君はしきりに救急隊員に謝っていたようだ。

「そうですか……。とりあえず一通り検査してもらえたら安心ですね。何かお手伝いできることがあれば、いつでも言ってください」

「ありがとうな、ほんま。ありがとうなぁ」

本州がぼんやりと浮かび上がる。空は薄雲がかかっていた。海上を吹き抜ける風の冷たさに、手袋をした手をすり合わせる。

「ことり、はいこれ。持ってきてなかったのか？」

隼人が自分のポケットから出したのはカイロだ。

「うん、でもいいよ。隼人のがなくなっちゃう」

すると反対のポケットから、もう一つカイロを取り出した。

「両ポケットに入れてた」

「なんだ。ふふっ、ありがとう」

受け取ったカイロは、手袋越しでも温かくて。

優しいぬくもりが、手のひらに広がった。


浩二君の病室の扉を開ける前から、マリーさんがそこにいるのがわかった。ドアの上部にある、すりガラスの小窓に映る大きな人影。月子さんに「もう少し小さな声で喋って」と注意されている。

「みんな、来てくれてありがとう。心配かけてごめんね」

「いいって。検査入院って長引くのか？」

隼人が着替えの入った荷物を棚に片付けながら訊ねる。私は月子さんの隣のパイプ椅子に腰かけた。

「一週間くらいかな。店もあるから早く帰りたいんだけどね」

「まぁ、いい機会じゃん。休みも必要だって。今の体調はどうなんだよ」

どう見ても、体調がいいとは思えない。元々肌が白い方ではなかったが、やけに土色っぽく見える。声は元気そうだが、顔色は良くない。

「大丈夫だよ。今からでも働けるくらい。月子ちゃんも驚かせて悪かったよ。本当は昨日、マリーさんと月子ちゃんとで森野さんの店に行こうとしてたんだよ。お鍋が食べられるって聞いてたから」

月子さんが頷く。

「昨日、あの人が電話してきたの。旨い鶏団子鍋が食えるぞって。ネギいっぱい入ってるから食べてみろって」

マリーさんが「あの人って、父親ね。あの偏屈親父」と、ワインレッドの唇をタコみたいに突き出した。今日はウルフカットのショートヘアだ。ショッキングピンクのウィッグが白壁の病室に派手さを際立たせる。

「チョーさんが月ちゃんの家に電話をかけるなんて、超レアなんだから。奥さんに怒られてでも、月ちゃんに二人の店の料理が美味しいって伝えたかったんでしょ」

マリーさんが「ねぇ」と月子さんに視線を送ると、眠そうな目で私を見る。

「ことりちゃんのごはん、美味しいって。あの人が他人を褒めるなんて珍しいから、本当に気に入ったんだと思う」

顔を見るだけで動悸がしそうなくらい怖かったチョーさんに、そう言ってもらえるなんて。それもこれも、隼人のおかげだ。

「えぇ友達できて良かったな、浩二」

「そうだね」

二人が目を合わせて微笑む。ずっとぼんやりしていた月子さんが、座ったまま居眠りをし始めた。うとうとと前後に揺れる月子さんの背中に、隼人が自分の上着をかける。

「あんま寝てないんだろ。月子さんまで倒れちゃ困るから、このあと家まで送るよ。なんてったって、俺の愛する服のデザイナーだし」

ほら、と隼人がトレーナーを胸まで上げて文字とイラストがプリントされたＴシャツを見せた。

ものは言いよう、考えよう

目つきの悪い、西郷さんに似た猫が、悪代官みたいな悪い笑みを投げかけてくる。その悪代官猫の手には、黒と金の華美な扇子が握られていた。

「冬も着てたんだ」

まだ眠そうな目を見開いて言う。

「夏だけなんてもったいねーじゃん」

なぁ、と言われて、月子さんが目を逸らした。肩からずり落ちた上着を体に巻き付け、頬を染める。

「すっかりファンなんだ。隼人君、似合うよね」

浩二君がシーツを握る。僕も恥ずかしがらずに着れば良かったな、と続けた言葉には悔しさが滲んでいた。

「ま、俺は好きなものは好き。やりたいことをやる。似合ってようが、なんだろうが関係ねぇっていう考えだから」

「隼人君は優しいわよねぇ」

マリーさんが意味深に、私、月子さん、そして浩二君へと視線を滑らせて「あたしだけ蚊帳《かや》の外じゃなぁい」と浩二君に力の限り抱きついた。

昨日から生えっぱなしだと言うひげ面で頬擦りされた浩二君の呻き声に、畠中さんが目じりに皺を溜めて笑っていた。

「ごめんねぇ、遠回りさせちゃって」

運転席と助手席の間から、にゅっと派手な顔が出てきた。私たちは津久茂港から車に乗り、星野地区にあるマリーさんの自宅までやってきた。

「牛の世話って大変そうですよね。俺、なんか手伝いましょうか」

「あら、大丈夫よ。父親に任せてあるの。おハゲちゃんで、よぼよぼのおじいさんだけど、牛の世話だけはまだまだ完璧なの。引退はしてるんだけど、浩二君に付き添うからって頼んだら大張り切りよ」

ほら、と車を降りたマリーさんが、自宅裏の川の向こうにある牛舎を指差した。敷地を大きく囲む背の高い柵。その扉を閉めている高齢男性の後ろ姿が見える。見えるといっても、酷く湾曲した背中のせいで頭すら見えないのだけれど。

牧草の運搬用だろうか、一輪車を押しながら倉庫の方へと方向転換しようとして、私たちに気が付いた。

「あ、怖い顔して呼んでる。うふふ、ごめんねぇ。また今度、お店にも遊びに行くから」

じゃあね、と父親のもとへ駆けていく。マリーさんが一輪車を押し、父親に合わせた歩幅で歩く後ろ姿が、とても尊いものに思えた。

「二人を家まで送ったら、ちょっと出かけるわ」

白鷺地区の大通りで信号待ちをしていると、隼人が思いついたように言った。

「私、ことりちゃんのお店に行く」

「いやいや、月子さんは寝ないと」

隼人が言っても頑なに首を横に振るばかりだ。船の上でだって、眠気と疲労で船酔いしていたのに。まだ顔も青白い。

「やだ。ネギたっぷりのお鍋食べるんだもん」

ネギを前にした月子さんの頑固さには誰も勝てない。

「隼人君はゴミ拾いに行くの？」

話題を変えられてしまった。

「それもあるけど、小屋の雨漏りの件を平昌社長に頼みに行かないといけなくてさ」

「雨漏りしてるんだ。大変」

本当に思っているのかと聞きたくなるくらい抑揚のない口調だ。そうしてまた、まぶたがずずと落ちていく。そんなに眠いのにうちに来るなんて、ネギへの執念は恐ろしい。

車は森を抜け、湿った風に揺れる木の下で停止した。隼人と別れて家に入ると、居間の真ん中で伸びていた西郷さんが、のそのそと月子さんの足元へ擦り寄った。

「いつ見てもイケメンだねぇ」

赤ん坊をあやすような甘い声で、西郷さんの顎周りの肉を愛おしそうに撫で回す。トレードマークの目にかかる長い毛を親指で避けながら、「お元気ですか、そうですか」と会話している。西郷さんも肉で顔が押し上げられて変な顔になろうと、されるがままだ。

西郷さんはいそいそとこたつへもぐり、そこに月子さんも足を入れた。

「メニューは決まってるの？」

本日のメニュー、と書き出した私の手元の紙を覗き込む。

「月子さんはお鍋ですよね」

迷いなく頷いた。その眼差しは真剣そのものだ。

「水菜がたくさんあるので、豚バラで巻いてみようかと思います。あとは大根の煮物とお味噌汁かな。ネギもあるから、今日はネギが主役のお味噌汁とかどうでしょう」

言いながら書いて、ふと顔を上げると月子さんの丸い濡れた瞳が正面にあった。漫画ではこういうとき、きらきらの星がビームのように飛んでいた気がする。

エプロンを着て台所に立つ。お米を水に浸し、次は大根と包丁を手にした。面取りし、表面に包丁でばつ印を入れる。大根は厚めだ。煮るのに時間はかかるが、味が染みたときは厚いものが美味しいと思う。生米を入れた鍋で大根を下茹でして、醤油やみりん、出汁でじっくり煮る。お味噌汁はネギと油揚げにしよう。

居間から西郷さんと月子さんがじゃれ合う声が聞こえる。

家の周りでは鳥が鳴いていた。一羽ではないらしい。会話でもしているのか、微妙に違う声色で鳴き合う。冷え切っていた台所が暖かくなってきたからか、私の心までほんのりと陽だまりみたいなぬくもりが広がっていた。

電話が鳴り、味噌汁の火を止めて廊下へと出る。電話の相手は無言だった。間違い電話だろうか。どちら様ですかと訊ねるが、ぼうぼう、と鼻息のような音が入ってくるばかりだ。

なんだろう。ちょっと……怖い。

「どうしたの？」

受話器を置いたのと同時に、月子さんが居間から顔を出した。

「い、いいえ。間違い電話みたいです。支度、急ぎますね」

台所に戻り、固形燃料と切った野菜を用意して月子さんのテーブルへ運んだ。

「わぁ、素敵」

ぐつぐつと煮立つ具に表情をとろけさせる月子さんの顔色が、みるみるピンク色に変わっていく。

時刻は十時過ぎ。予定より少し遅れてしまったけれど、敷地の入り口の柵に、開店を知らせる看板をかけた。

ネギたっぷりの鍋を食べ終えた月子さんと、食後のミルクティーを飲むことにした。甘くていい香りのミルクティーが胃袋を温める。

ガラス戸から見える庭はまだまだ冬景色だ。イロハモミジには小さな赤い冬芽が付いていた。

「ことりちゃん、西郷さんのことだけど」

ミルクティーのマグカップを両手で包み込む。

「毛、切ってもいい？」

縁側で寝そべっていた西郷さんは、自分のことを話していると気付いたのか、外を眺めたまま耳をそばだてる。

「切れるんですか？」

月子さんは西郷さんを抱き寄せ、右の前足を人間が挙手するみたいに顔の横に上げてみせた。

「トリマーだから。島に戻る前の職業」

西郷さんは嬉しそうに、毛むくじゃらの顔を月子さんのトレーナーに埋めた。

帰ってきた隼人を真っ先に出迎えたのは西郷さんだ。上がり框《がまち》でくるりと回り、その場に座って「おかえり」と鳴いた。

「毛が短くなってる！　ことりが切ったのか？」

「ううん、月子さんなの。トリマーさんなんだって」

庭で片付けをしている月子さんを見遣る。

「すげぇ、超多才じゃん。いいなぁ、西郷さん。俺よりイケメンになっちまって」

私は思わず鼻で笑ってしまったが、ばれていないらしい。

隼人に抱きかかえられてぶにぶにと頬ずりされた西郷さんは、最初こそまんざらでもない様子だったが、最終的には顔面に猫パンチ（爪は立てないのが、西郷さんなりの優しさだ）をお見舞いしていた。

その日はそれから、白鷺地区の自治会長の長野さんが、ご近所さんを引き連れて食べに来てくれた。五人分の料理にてんてこまいになっているところに、さらに観光客が二人。遅めのお昼休憩に丸山さんが来てくれて、ことりの台所は珍しく満席になった。

「順調だな」

隼人が嬉しい悲鳴を上げながら、次々に食事を運んでいく。私はひたすら豚肉を水菜に巻いては焼き、巻いては焼き、を繰り返していた。


最後のお客さんを見送ったのは、午後三時を過ぎた頃だった。雲の切れ目から、夕日が降り注ぐ。

「あの光って、天使の梯子《はしご》っていうんだって。この前、図書館で借りた本に書いてた」

隼人が空を見上げて言う。

「綺麗な名前だね」

地上へと一直線に射す光。幻想的で美しい景色に、いつまでもこんな時間が続きますようにと願う一方で、どうしようもなく脆いものに思えてしまった。今日かかってきたあの無言電話が、心の海をざわめかせ、不穏な風を連れてくる。

あれは父なんじゃないか――

無意識に唇の内側を噛んでいた。口内に血の味が広がる。少しの間でもいい。あれが父ではないとはっきりするまで、店を休めないだろうか――

「あそこから見てくれてるといいなって思うよ。俺がこうして、いろんな人の笑顔に囲まれて生きている姿をさ」

おばあさんのことだろうか。この暮らしが彼の後悔を少しでも和らげているのなら。その横顔に、口にしようとした言葉を呑み込んだ。

今夜は陽ノ江地区の居酒屋に行くことになっている。助手席でシートベルトを締め、隼人が車のエンジンをかけた。

大通りを津久茂商店街の方角へと下っていく。すっかり陽が沈んだ津久茂島は、まだ七時だというのに、辺り一面が闇に包まれていた。田んぼ、畑、山の稜線、民家。それら全てが黒に沈み、田んぼの真ん中にどんとそびえる鉄塔の赤い光と、遠く津久茂中学のグラウンドの照明器具だけが、夜に光を灯していた。

途中、丸山さんが運転するタクシーとすれ違い、会釈を交わす。運転席の表示灯は賃走となっていた。サイドミラーに映るタクシーの後ろ姿が、風の丘地区へと続く脇道に入るのが見えた。

車は、津久茂商店街と港を隔《へだ》てる小高い丘の麓の駐車場で停まった。

夜の冷気に、乾燥した頬がぴりぴりする。マフラーに顔を埋め、コートの襟元にできた隙間をぎゅっと掴んで閉じた。

駐車場を出てすぐ左手に一階建ての店舗があった。玄関のシャッターは下りているが、窓から光が漏れている。入り口に掲げた看板には「手作りシャツと古着の店」と、ぎこちない丸文字で書かれている。中学生の女の子の文字みたいだ。水色のペンキで書かれたそれを見上げて、少し緊張していた筋肉がほぐれた。

「寝不足なのに、デザイン考えてんのかな」

ここは月子さんの職場だ。明かりが点いた窓を見上げる隼人の息が白い。

「そうかもしれないね」

いつもぼんやりしている彼女だ。もっと、のんびり気ままにやっているものだとばかり思っていた。

「とりあえず行くか」

隼人は腕時計をちらりと見てから、向かいにある「塩梅」の、荒波のような文字の暖簾をくぐった。

「チョーさん、唐揚げと生のおかわり」

奥のテーブル席で、白髪の男性が威勢良くジョッキを掲げた。

「あいよ。あぁ、いらっしゃい。空いてる席に座んな」

顎で客席を示すと、サーバーからビールを注ぐために背を向けた。肩幅の広い筋肉質な背中が拗ねた子供みたいに丸まっているのは、照れなのだろうか。今まであれだけ私たちに強く出ていただけに、いざ店に来られると恥ずかしいのかもしれない。

自分で来てもいいって言ったのに。なんだかおかしい――

注文を聞きに来たチョーさんにばれないように、頬の内側を軽く噛んだ。

「唐揚げと出汁巻き玉子……ことりは？　あ、これね。豆腐サラダで。飲み物は俺はコーラで」

「あ、私も」

隼人が「コーラ二つで」と言い直した。

「なんだお前ら。酒は飲まねぇのか」

伝票は取らないスタイルらしい。チョーさんの怪訝な顔が私たちを見下ろす。

「車ですから。普段も飲まないですし」

チョーさんは「ほーん」とまだ納得していない様子だったが、すぐに「あぁ、そうか」と得心したようにニヤリと笑った。

「お前、丸山と平昌の飲み友だったな。あの貧弱な茶飲み会」

「紅茶会ですよ」

隼人が笑いながら訂正する。そういえば丸山さんが「また飲みに行こう」と誘っていたが、まさか紅茶だったとは。男三人で紅茶会――

浩二君ならまだしも、一人は工務店のおじさん、もう一人はたぬき顔の人当たりのいいおじさん。そして隼人の三人でそんなことを開催していたなんて。それもどうやら、開催場所は喫茶クラウンらしい。教えてくれたら見に行ったのに。

別の客に呼ばれたチョーさんがテーブルを離れた。すぐにコーラを二つ運んでくると、今度はキッチンで料理に取りかかる。

「この店、一人でやってんだな」

「そうみたいだね」

チョーさんの料理はどれを食べてもとても美味しかった。唐揚げは鰹節を混ぜて揚げているらしい。噛むとざくっと音がして、肉汁があふれる。鰹の風味がふわりと鼻に抜ける唐揚げは、お酒が進むのも無理はない。店内のどのテーブルにも唐揚げがのっているのも頷ける。豆腐サラダも、レタスが新鮮で食感が瑞々《みずみず》しい。そこに海苔とおぼろ豆腐、トマトがざっくりと和えてある。こちらはごま油と醤油で味付けされていた。

「玉子焼き、まじで旨いな」

「そうだね」

出汁と醤油が互いに上手く混ざり合う、ふわふわの出汁巻き玉子だ。しょっぱすぎず、甘すぎず。これぞまさしく「いい塩梅」だ。暖簾に掲げられた店名を見返して、じっくり味わう。

「これ食ってみろ」

チョーさんが出したのは、天ぷらだ。敷紙の上に揚げたての天ぷらが盛り付けられていた。

「サービスだ。しょうもねぇ遠慮はいらないから、さっさと食え」

添えられた塩にちょんと付けてから食べた。

「ネギ！」

隼人の声に、隣のテーブルの作業服三人組がこちらを見た。胸元にはヒラマサ工務店の刺繍《ししゅう》が施されている。

「それ、旨いだろ」

作業服の上からでもわかる立派なビール腹の年配男性が得意げに言う。

「めちゃくちゃ旨いっす」

興奮した隼人の鼻の穴が膨らんでいた。気持ちはわかる。本当に美味しいのだ。とろりとしていて、甘みがある。塩のおかげで、その甘さが引き立つのだ。断面からたっぷりと透明なぬめりが出るのだが、これが甘さの正体らしい。

「月子が最初に好きになった料理だ」

「月子さんが？」

隼人はもう次の天ぷらに箸を伸ばしていた。そしてまた「うめぇ」と唸る。

「ガキの頃、野菜全般食べない子でな。というか食そのものに興味がない子供で苦労したんだ。ほとんどが食わず嫌いだったんだが、ネギに関しては匂いが嫌だったみたいだ。月子の母親が植木鉢で育てたネギをうどんにのせたら臭いって言いやがってさ」

常連客のみんなが知っている話らしい。チョーさんが話し始めると、またかと微苦笑した。

「お前らの家の持ち主の田畑夫婦は、俺の親代わりになってくれた人なんだ。俺はあの家で飯も食ったし風呂も入った。母親を早くに亡くして、飲んだくれのどうしようもない親父に代わって世話してくれたんだ。親父との家には酒のつまみくらいしかなかったから、あの夫婦が育てた野菜を使った飯を食うのが幸せだった」

チョーさんはカウンター席の椅子を引き寄せて、どさりと腰を下ろす。

「だから臭いなんて言うのが許せなくてよ。嫌いなら仕方ないが、黙ってりゃいいんだ。臭いなんて言葉にしちゃいけねぇよ。自分の娘だからこそ、余計にそう思った。そっから俺も意地になっちまって、なんとか食わせてやるって毎日ネギ料理作ってたよ」

チャーハンにも、チヂミにも手を付けない。思い切って作った焼きネギも、味噌汁の具も駄目。少しかじろうとはするものの、やっぱり嫌だと頭を振る。食べてもらえなくて悔しい気持ちもあったが、無理矢理食べさせることは避けた。食そのものを嫌いになられては意味がない。

「もうお手上げ状態でよ。田畑さんにその話をしたら、親父さんがネギを変えてみたらどうだって言うんだ。九条太ネギを作ってる農家を知ってるから紹介してやるよって。そこのネギで作る天ぷらがとんでもなく旨いんだって」

チョーさんは「それがこれだ」と残り三つになった天ぷらに視線を落とした。

「それから月子はネギが好きになった。ネギどころか野菜全部に苦手意識がなくなって、なんでも食えるようになったんだよ。しかし渋いよなぁ、幼稚園児がネギの天ぷらが好きですって言ったときは笑っちまったよ」

がはは、とチョーさんが笑ったのと同時に、店の入り口ががらりと開いた。

「おう、岩城。今日は早いな。芋でいいのか」

「うん。水割りで。ネギ天と焼き鳥も。タレでね」

チョーさんは椅子を戻すと「じゃあな」とキッチンに戻った。

「やっと来たか水島君」

「隼人でいいですよ。やっと来たかって、待ってくれてたんですか？」

「そうだよ。そろそろ来る頃かなって、酒飲んで待ってたよ。ここに来たってことは、許してもらえたってことだろ」

岩城さんはジャンパーをカウンターの椅子にかけ、チョーさんに目配せした。

「お宅に魚を買って欲しくてね」

その一言で、感極まった隼人の叫びが店中に響き渡ったのは、言うまでもない。


午後八時。店内が満席になった頃、私と隼人は上着に袖を通していた。

「ごちそうさまでした」

会計を済ませると、チョーさんがビニール袋を私に差し出した。タッパーが二つ。袋の底がほんのりと温かい。

「月子に渡してきてくれないか。あまり遅くまでやるなよって……言ってやってくれ」

自分で渡せばいいのに。

隼人は「わかりました」と言うと、私を外へ促した。

月子さんがいるだろう部屋は、まだ明かりが点いていた。入り口横に取り付けられた簡易的な呼び鈴は、音が鳴っている様子がない。仕方なく叩いたシャッターの冷たい音が響く。窓が開いて、隙間から「誰？」と月子さんの声がした。

「なんだ、ことりちゃん。隼人君まで、どうしたの？」

「これ、チョーさんから渡してくれって頼まれたの。あまり遅くまでやるなよって」

「心配してたぞ」

隼人が付け加える。月子さんは窓から手を伸ばして受け取り、タッパーの蓋を開けた。

「ネギの天ぷらだぁ。焼き鳥と、かぼちゃの煮物もある」

「仕事、まだ終わらないのか？」

「うん。あともう少し。梅の花を使ったデザインで考えてるの。梅と鶯。ありきたりだけど、相性がいいでしょ」

「おー、いいじゃん。すげぇ楽しみ。でも無理はすんなよな。ことり、行こうか」

冷風に「おぉ、さみぃ」と身震いしながら歩き出した隼人を追いかけた。

「隼人君」

月子さんの澄んだ声が静かな夜に溶ける。振り返ると、窓から身を乗り出し、胸の横で手を振っていた。

「私、頑張るから」

彼女の精一杯だと思われる大きな声に、隼人は「おう！」と力強く手を振り返した。

「月子さんには敬語で話してなかったっけ」

隼人はシートベルトを締めながら「あぁ、うん。前はね」と姿勢を正す。

「女の人だし？　勝手にため口になるのもキモがられるかなって思ってたけど、月子さんが自分からため口でいいよって言ってくれたんだよね」

「そうなんだ」

車は白鷺地区へと走り出す。

「……いや、待ってよ。私も女なんですけど。私には最初からため口だったよね」

「ん？　あぁ、まあいいじゃん」

どこがいいのよ。

呆れて言い返す気にもなれない。車の通りもなくなり、津久茂中学の明かりも消えた景色は、一面が漆黒の世界だ。

島全体が眠ってるみたい。

「いわき水産から仕入れができるなんて、すげぇ嬉しいよな」

やー、良かった良かった。隼人が上機嫌で真っ暗な森の道を、慣れたハンドルさばきで進んでいく。これで魚の仕入れも安定する。美味しい魚料理が作れる。嬉しいことばかりのはずなのに、暗い景色に父の顔が浮かんで消えない。車は森を抜け、古民家が見えた。

「あのね、私、しばらく――」

心臓を鷲掴みにされたかと思った。フロントガラスの向こうに、ぼんやりと浮かぶ黒い影。胸にかかるシートベルトを握り締める。

「ん？　誰かいるのか」

車のライトが家の前に佇む人影に近付く。

黒い靴、よれた黒いスラックス。灰色のロングコート。頭のてっぺんまで白いライトで照らし出されたその男の眉間がぴくりと動いた。迫る車を避けようともせず、私たちを真っ直ぐに見据えていた。

「ことりは待ってな。俺が行く」

シートベルトを外す隼人の左腕を掴んだ。

「待って」

手の震えがどんどん大きくなって、呼吸が乱れる。臓器が、筋肉が、全てが爆発しそうなくらいに脈打っているような感覚。脳がじわじわと熱を帯びていく。

「どうしたんだよ、大丈夫か？」

隼人の声が遠くに聞こえる。男は私を睨みつけていた。

「お……」

わななく唇からこぼれ落ちる言葉もまた、怯えるように震えていた。

「お父さん……」

遠い、小学三年生の記憶が蘇る。あの頃よりもずっと痩せて、頬がこけて、目が落ち窪んで。だが間違いなく、あの光のない瞳は——

銀縁の眼鏡の奥から私を見る冷たい目が、記憶にある父のそれと重なった。

第十三話　遠い記憶と、黄昏《たそがれ》のおにぎり

「お父さんって、ことりの親父さんかよ。雰囲気変わってて気付かなかったわ」

暴れ打つ拍動が鼓膜に響く。息が苦しい。どれだけこの男に人生を狂わされてきたか。どれほど私と母の心が、この男に支配されてきたか。

店なんてやるべきじゃなかったのかもしれない。こんな小さな島で目立つのはわかっていたのに。そうすれば見つからずに済んだかもしれない……。

「あっ、ちょっと待って」

躊躇うことなく車を降りた隼人が父へ詰め寄る。私も急いで車を降りた。

ど、どうしよう。

父はこんなにも小さい人だっただろうか。眼球だけを動かして隼人を睨み上げた。

「すみません。この時間はもう閉店なんですよ」

いつもの軽い口調で言う隼人の左手が「下がってろ」と合図しているのに気付いて、一歩後退った。父の視線が私へと戻る。息苦しい感覚を抑えるように、胸元を掴んだ。

「なんの御用ですか？　俺はここに住んでる水島隼人っていいます」

父は答えず、石化状態の私を睨み据える。

「あのー、聞いてます？」

苛立ちを隠し切れない隼人が乱暴に後頭部を掻いた。

骨と皮だけの酷く老いた父の右手が差し出される。

「家の鍵をよこせ」

「い、家って……」

お母さんの家ってこと？　この人は何を――

「まさか、家に行ったの？」

否定しない父に、背筋が冷たくなった。

「渡すわけ……渡すわけないでしょっ」

実家の鍵が入ったバッグは車の中だ。この場を通さなければいい。両足を踏ん張ってみても、膝が震えてしまう。体が言うことを聞いてくれない。

思い切り突き飛ばしてやりたいのに。これまでの思いを怒りに任せてぶちまけてやりたいのに。ざっと砂を踏みつけて近付いた父と私の間に、隼人が立ち塞がった。

「おい、いい加減にしろよ。父親だからって、何しても許されるわけじゃねーだろ」

声を荒らげる隼人と、じろりと睨み返す父。震える私。

そんな三人を、一台の車のライトが強烈な光で照らし出した。丸山さんのタクシーだ。車が止まるや否や、後部座席のドアが開き、人影が転がり出た。

「ことりっ！」

「お母さん⁉」

運転席から降りてきた丸山さんが、母の体を支える。

「行かない方がいいって言ったんだけど……。僕もその人を森野さんの家に案内しちゃった責任があるから強く言えなくて。ごめんね」

そう言ってちらりと父を見遣る。居酒屋に行く途中、すれ違ったタクシーに乗っていたのは父だったのか。母の家に行くために、風の丘へ向かっていたんだ。

「ことり、家に戻りなさい。隼人君と一緒に、ね」

隼人を見ながら私の背中を押す。お願いね、と唇が動いた。

「行かない」

手を払いのけ、父と向き合った。ライトで照らされた父の顔色は酷いものだった。瞳以外、面影はまるでない。あかりちゃんがおじいさんと言っていたのは、父のことかもしれない。この島の高齢者の方がもっと生き生きしている。

　こうして立っているだけでもつらいのではないか。そう思うくらい肩を上下させ、窪んだ虚ろな目をしていた。その頬は痛みにでも耐えているかのように、時折引《ひ》き攣《つ》る。

「里美」

「来ないで。裁判所からも近付かないように言われてるはずよ」

　張り上げた母の声が、真冬の空気をびりびりと震わせた。

「戻ってきてくれ」

　さっきから私たちを睨んでいる割に、随分と弱気で情けない言葉だ。

「俺はもう変わったんだ」

　情けない目の前の男が、かつて恐怖で支配した母に乞《こ》うている。

「ふざけないで！　信じられるわけないでしょう。さっさと帰りなさいよっ」

　肩をいからせ、顔は紅潮している。眉を吊り上げ、見たこともないほど激昂する母の膝が、恐怖を堪えるように震えていた。

「今度はことりを守るって言ってたのは、本当なんだな」

　父の紫色の唇が不気味に笑う。母はそれを制するように「やめて」と繰り返す。

「ことり、知ってるか」

「隼人君、お願い。ことりと家に戻ってちょうだい」

「里美は。母さんは、お前を殺そうとしたんだ」

お母さんが、私を？

「四歳の誕生日からそう経っていない頃だったな。黙っているのが耐えられなくなったんだろう。泣きながら言ってたぞ。お前の首に——」

「ことり、聞かなくていい。家に戻ろう」

私を殺そうとした。お母さんが？

「ほら、行くぞ」

そんなわけない。あり得ない。だってお母さんは昔から鬱陶しいくらい過保護で、いつだって私のためにって自分を犠牲にしてきた人だ。

「ねぇ、お母さん」

嘘でしょう。お父さんの嘘だよって言ってよ。私、信じるから。

「……本当なの？」

母は俯いたまま答えない。

否定してよ、お母さん。

そう願っても、母の口は開かない。ただ地面に視線を落とすばかり。

「やっぱり、私はいない方が良かったの？」

私がいなければ、母はもっと早くに父から離れられていた。

私がいたから、父との息が詰まるような生活から逃れられなかった。

離婚しても、私のせいで父との関係が切れない。

私が店を始めたから、父に見つかってしまった。

ごめんなさい。ごめんなさい。

次第に胸が重く、苦しくなり始める。息を吸っても肺に入らない。呼吸の仕方を忘れてしまったみたいに。それとも、肺に穴でも空いてしまったみたいに。

どさっ。

目の前で灰色の塊が地面に崩れ落ちる。父が額に脂汗を滲ませて呻いていた。

「は⁉　なんだってんだ。おい、大丈夫か？」

「救急車っ。救急車を呼ばないと！」

丸山さんが慌ててスマホを取り出した。

あぁ、もう――

「ことり！」

ふっと糸が切れたみたいに、足から力が抜けた。

薄れる意識の中で、焦る隼人と、母の悲痛な叫び声が、押し寄せては引いていく波のように反響していた。

チチチッ

微かな鳥のさえずり。柔らかな光をまぶたの裏に感じた。消毒薬のツンとする匂い。固いシーツの感触が手に触れる。

「お母さん、ことりが」

隼人の声がして、細い視界の全てを母が覆い尽くした。

「あぁ、良かった」

白髪だらけの傷みきった毛先がばさばさと目の前で揺れる。母の顔の皮膚は、下から見ると、さらにたるんで見えた。

「全然目覚まさねぇから焦ったわ。医者は悪いところはなさそうって言ってたけどさ」

「隼人君たら、全身検査してくれなんて言うんだよ。誰よりもおろおろしちゃって」

足元側にいる丸山さんがおかしそうに肩を揺らす。

「ほんと。結構過保護だよね」

言いながら、眼鏡のブリッジを持ち上げるのは浩二君だ。

「あれ、浩二君。どうしてここに」

「浩二君が入院してる病院だよ。ことりは島の診療所でも良かったんだろうけど」

ベッドから垂れ下がるリモコンで頭側を上げ、上半身を起こして辺りを見回す。安堵の表情の母と丸山さん、浩二君。そして隼人が病室の出入口に視線を向けた。

「親父さんの方がやばかったみたいで。一緒の救急車に乗ってたことりも、この病院に来たんだよ」

「まぁ、今は落ち着いてるけど。でも……」

丸山さんが前髪を綺麗に七対三に整える。

「違う意味でやばい状態って感じだけどね」

「違う意味？」

「チョーさんが来てる。親父さんの目が覚めるのを、今か今かと待ち構えてるわ」

隼人がこめかみを掻きながら苦笑した。


「これ、どういう状況なの」

父のネームプレートがかかった病室の前でドアに耳を押し付ける。浩二君と丸山さんは廊下のソファに座って呆れた顔でこちらを見ている。母は父の担当医に呼ばれていた。

「言っただろ、チョーさんが来てんだって。ことりが倒れたって話を聞きつけて、今朝来たんだよ。で、事情を話したらこの状況。ドアの向こうには、チョーさんとツバキさんがいる」

ツバキさんもいるんだ。それなら少し安心か。チョーさんが父の病室に行くと言って聞かないので、念のためにと一緒に入ってくれたらしい。

静かだった病室から、何かが倒れる激しい音がした。父が起きたのかもしれない。

「今はやめなさいよ。先生を呼ぶのが先でしょう」

その声はツバキさんだ。そのとき、隼人の顔が不自然に歪んだのを見逃さなかった。

駄目っ！

私が咄嗟に口元に手を伸ばすと同時に、盛大なくしゃみが出た。……最悪。

静かにしてよ！　しゃーねぇだろ、消毒くせぇんだよ。口をぱくぱくさせながら小声で言い争う私たちの背後で、廊下の端から端まで響く声が上がった。

「みぃーつけたーっ。なんで病室が空っぽなのよぉ。搬送された患者でしょうが」

私たちが必死で両手を前に出して制しても、マリーさんはどすどすと大股で向かってくる。月子さんも一緒だ。闘牛も逃げ出す迫力と形相で向かってくるマリーさんに、月子さんがずるずると引《ひ》き摺《ず》られている。

来ないでーっ。

病室の扉が開いた。咄嗟に首を縮める。

「あんたたち、さっきから何やってんの」

ツバキさんの呆れた視線が、私と隼人、月子さん、マリーさん、ソファに座る浩二君と丸山さんをぐるりと一周した。

六人部屋の窓側のベッドに父の姿があった。点滴に繋がれた父は爽やかな朝陽に照らされて、浮き出た頬骨の下に濃い影を落としていた。泥のようなじっとりとした虚ろな視線は、戻ってきた母へと向けられる。その視線を遮るように、チョーさんが父のベッドにパイプ椅子を寄せて、どんと腰を下ろした。

「森野さんの元亭主って聞いたが。接近禁止なんだって？　おめぇ、何やったんだよ。男がいつまでも粘着質に女を追いかけ回して情けねぇと思わねぇのか。不気味な野郎だな、ったくよ」

父は視線をチョーさんに滑らせ、不快そうに眉間に皺を寄せた。

「関係ないでしょう」

ひび割れた唇をぼそりと動かす。チョーさんは「いやいや」とあしらった。

「そうはいかんだろう。飲み食いしたゴミを森に放置したり、空き家を好き勝手使ったりしてたのは、あんたじゃねぇのか？」

第一、とチョーさんが声を低くする。

「あんたの娘も、元嫁さんも、今はうちの島民なんでな。他人事ってわけにゃいかねぇんだわ。少なくとも、俺の周りに怯えて暮らしてる人間がいるなんて見過ごせねぇんだよ」

驚く私をよそに、父は感情を押し殺した口調で言う。

「出て行ってくれませんかね」

こんな姿になっても、外面を取り繕うことだけは忘れないらしい。

「いや、出て行くわけには――」

「あんた。ほら、行くよ」

ツバキさんがチョーさんの背中を叩き、乱暴な仕草で廊下を指した。

「あ？　俺らにも話を聞く権利くらいあるだろ」

「その話はあとでもいいでしょ。病院でどうこうされる心配はないだろうし。私らは一旦席を外すの。ほら、月子もね。他の患者さんに迷惑だから」

マリーさんの横で父を無表情で見下ろしていた月子さんが、不満そうに唇を尖らせた。

「なぁに、親子揃って野次馬根性見せつけてんじゃないわよぉ。浩二君も病室に戻らないと。ほら、隼人君も行くわよっ」

病室に親子三人が残された。父と同室の患者は二人。仕切られたカーテンの向こうからいびきが聞こえる。もう一人はベッドの上で黒いイヤホンを耳につけてまどろんでいるのが見えた。ラジオでも聞いているらしい。

母が父のベッド周りのカーテンを引いた。唇を噛み締め、改めて父と向かい合う。

「これ以上、この子に怖い思いをさせないで」

すみれ色のセーターの背中が大きく深呼吸する。父の蛇のような視線が、母を捉えて逃さない。だが母はその視線から逃れるどころか睨み返していた。

「私たちはもう離婚してるのよ。終わったの。私はもう、あなたとは――」

「終わってない」

こんな枯れ枝のような体のどこからそんな声が出たのか。低く野太い、地鳴りのような怒鳴り声に、母の横顔が強張る。

「こうなったのは誰のせいだ」

「誰のせいって……」

膝に乗せている母の手が、ズボンをぎゅっと握り締めた。

「お前のせいだろうが」

父は外面だけはいい。こんな場所でこんな姿を露わにする人じゃないはずだ。それとも、もうそんな世間体なんてどうでもいいほど、追い込まれているということだろうか。

どれだけ自分勝手な人なの。

「……いい加減にしてよ」

心の中に渦巻く黒いものが抑えきれなくて、あふれてしまう。

「なんだ」

蛇のような父の目が私を睨む。

幼かった私にはわからなかった。母の前で大きな声を出し、物に当たり、周りを委縮させる父を、私はそれだけ強い人なのだと思っていた。強くて、怖い。力だけでなく、言葉でも相手を恐怖に陥れてしまう。

それに抗う力のない私や母のような人間は弱くて、怯えることしかできない。

でも違う。今ならわかる。

「お父さんは……」

この人は強いんじゃない。

「何が怖いの？」

骸骨《がいこつ》のような顔に、明らかな怒りが滲んだ。

「いつもお母さんに対して威圧的で」

「ことり、やめなさい」

私の拳に乗せられた母の手を、もう片方の手でそっと外した。

「なんでも、お母さんのせいにして」

自分の非を認められない人間。

「怯えるお母さんを見て、いい気分だった？」

高圧的な態度で相手を萎縮させて浸る、優越感。

「そんなやり方でしか、自分を保てないなんて」

隼人と出会ったからこそ、わかる。父は強くなんてない。なんて弱い人——

「あんたなんて、早くこの世からいなくなればいいのに」

長い間、ずっと腹の底に溜まっていた、汚い泥のような言葉を吐いていた。

父がいなければ私はいない。だがそれは、この人に感謝の気持ちを抱かなければならない理由になり得るのか。

最低な子供かもしれない。でも、私にとっても最低な父親でしかない。

昔みたいに、母と二人で怯えながら肩を震わせるとでも思ったのだろうか。一瞬、父の顔が強張った。だが瞬く間に表情は歪み、輸液バッグがかかったスタンドを乱暴に床に叩きつけた。

「俺がいたから、いい暮らしができてたんだろうが！」

唾を飛ばしながら喚《わめ》く父の腕から抜けた針が宙を舞う。掴みかかろうとしたのか、立ち上がった父の指先が母に触れた。

「お母さんに近付かないでっ！」

咄嗟にその体を突き飛ばした。

「ふざけないでよ！　あんたとの生活なんて、あんたのいる世界なんて——地獄そのものだったんだからっ！」

　ベッドに倒れ込んだ父の鼻筋に深い皺が刻まれて、般若《はんにゃ》の形相になる。

「貴様っ――」

「やめて、やめてよ！」

　母の悲鳴が病室に響き渡ったかと思うと、真後ろのカーテンが一気に開いた。

「は、隼人」

「おい、マジかよ。ことり、お母さんも離れてください」

　強引に引き離されて廊下に出ると、入れ替わりに年配の看護師が飛んできて、父をベッドに押し戻した。看護師に押さえ付けられてもなお、白髪を振り乱し、口角から泡を飛ばして喚き散らしていた。

「お前はことりを殺そうとしただろう！」

　病室をあとにする私たちの背中に、父は言葉のナイフを投げ続けていた。


「じゃあな、浩二君」

　隼人が私の荷物を肩に担ぐ。

「うん。森野さんは、本当にもう帰れるの？」

　医者からの許可が出た私は、早々に荷物をまとめて、浩二君の病室を訪ねた。

「私はなんともないから」

父と同じ病院で寝泊まりするなんてごめんだ。

「無理はさせないように見張っとくから。浩二君は自分のことだけ考えて、しばらくゆっくりしてな」

病室のドアが開いた。畠中さんだ。りんごが入ったスーパーの袋を提げている。

「なんや、みんな帰るところかいな。ことりちゃんも元気そうで良かったわ。二人の見舞いにと思ってりんご持ってきたんやけど。ほんならことりちゃんは持って帰って家で食べぇや」

「ありがとうございます」

りんごを受け取り、鞄に仕舞う。隼人は腕時計を確認すると、

「船の時間があるから、そろそろ行かねぇと」

と、一同に言った。


連絡船の窓から、コバルトブルーの海が見える。

本州を出港した船は、穏やかな海を駆け抜けていた。

これまで溜まっていたことを父にぶつけたはずの私の心は、まだ重苦しい。

母は私を殺そうとした。

父の虚言だと思いたかったけれど、事実なのだろう。

「ちょっと森野さんの様子を見てくるわ」

ツバキさんがかけていたブランケットを丸めて、チョーさんの膝に乗せた。

「私が行きます」

本当はツバキさんと他愛のない話をする方が気が紛れるかもしれない。海を見ながら何を思っているのだろう。父の病室を出てから、母は父の話を一切しなかった。

ツバキさんは「ことりちゃんは、ゆっくりしてていいのよ」と気遣ってくれたが、私は首を横に振った。

「私も風に当たりたくて」

船室のノブに手をかける。なだれ込む潮の匂いが、酷く心を掻き乱した。

「お母さん、風邪引くよ」

猫背気味の背中に声をかけた。髪を耳にかけながら頬を緩める母の笑顔は、白い陽の光に呑まれてしまいそうだった。

「今日はありがとうね。お父さんから守ってくれて」

「……いいよ。私は言いたいこと言っただけだもん」

母の隣で手すりにもたれる。目を覆いたくなるほどの眩しい光の欠片が、海面を覆っていた。

私の記憶にある父のことも、昨夜のことも、全部この綺麗な白い光で塗りつぶしてしまえたらいいのに――

「お父さんね、かなり体調が悪いみたい。……もう余命何カ月とか言えるどころじゃなくて、いつ亡くなってもおかしくないんだって」

「そう」

なんて無慈悲な反応だろう。親の死を宣告されても、そんな言葉しか口にできない。

「お父さん、寂しいみたい」

「は？」

本気で言ってるの？

不快感を露わにした私に、そうなるよね、と母が重いため息をついた。

「帰ってこいって。救急車の中でずっと言ってたの」

「馬鹿じゃないの」

あんなにも、さも自分が一番正しくえらいように振る舞っていたくせに。病気になったら弱音を吐くのか。

「あのまま入院することになったの。これから時々、お見舞いに行こうと思う」

「お見舞いって……いや、おかしいよ。なんでお母さんが。あの男にどれだけ苦しめられて人生狂わされてきたかっ」

苛々する。母のこの穏やかな表情と口ぶりはどういうことなの。

今更、同情する義理があるのか。

「そう何週間も続くことじゃないのよ。きっと」

「だからって……」

母はそれ以上何も言わないまま、黙って海を見つめていた。くたびれ果て、酷く老いた横顔に、悲しみすら覚える。

「もういい。気の済むようにしなよ」

船室へのドアノブを握って、足を止めた。

「お母さん」

背を向けたまま、空を仰いだ。世界中にある悲しみなんてまるでわかっていないみたいな、呑気な青い空。

「何？」

母の声がそっと海風に流れる。

「私のせいで……お父さんに居場所がばれて……ごめんね」

返事を聞く前に、ドアを開けた。

隼人のもとに戻っても、私の心には、どうしようもなく重苦しい鉛玉がごろんと転がっている。

あんなにも美しいと思っていたコバルトブルーの海も、今は色のない景色に見えていた。

それから母は毎日のように海を渡り、父の入院する病院へ見舞いに行っているという話をツバキさんから聞いた。

基本的に接客は隼人に丸投げしているが、ここ最近は余裕がなくなっている。母の話が出るたびに、私の中の鉛玉が存在を主張するように、鈍い痛みを伴って転がるのだ。

母はあれから店に来ていない。あんなに頻繁にかかってきていた電話も、父の見舞いに行くようになってからはさっぱりだった。

これ以上、母に嫌な言動をしたくない私は、内心、ほっとした部分もあるのだけれど。

津久茂島の景色が雪化粧をした朝。冷たく張りつめた空気に電話が鳴り響いた。

朝一番の船でお父さんの病院に来てちょうだい。

母の声は必死で平静を装っているかのように不自然に明るく、不安定に震えていた。

「港まで送るよ」

話し声から状況を察したのか、着替えを済ませた隼人が玄関先でジャンパーを着て、寝癖が飛び出した頭を適当に撫でつけた。

「急にごめんね」

津久茂港に向かう途中、白く霞む道の先を見つめながら言った。隼人は「おう」と短く答えるだけだ。

港の前で車を降りた。波に乗って緩やかに上下する船で、戸波さんが出航の準備をしていた。

「ことり」

振り返ると、隼人が私のもとに駆け寄ってきた。

「一緒に行こうか?」

「ううん、平気。お母さんがいるし、大丈夫」

「そっか。じゃあ俺、畑仕事して、ゴミ拾いして、釣りでもして待ってるわ。めっちゃでかいの釣ってくるから。帰ったら一緒に食べよう」

魚を釣り上げる仕草をする。普段通りのその姿が、今の私にはありがたかった。

「……ふふっ、あまり期待しないでおくけど」

「なんでだよ」

むっと眉をひそめる隼人は、すぐに表情を崩す。

「ま、とにかく。また迎えに来るから」

「うん。ありがとう」

船に乗り込み、遠のいていく隼人に手を振った。

父になんて会いたくない。たとえ、これが最後だとしても。

でも――

母に電話を貰ってから、父の死というどこか現実味のなかった世界が、いつもの日常に戻る。

もう点にしか見えない隼人に「いってきます」と呟いてから、対岸の景色を見据えた。


海に行こう。

そう隼人に誘われ、強制的に連れ出されたのは、病院を最後に訪れたあの日――父が亡くなった日から、一週間後のこと。先週はあんなにも雪が積もっていたのに、二月に入ると、季節は春の気配をまとい始めていた。

客足が早々に途絶え、今日はもう店仕舞いかなとぼんやり台所の椅子に座っていた。壁から床にかけて溜まる夕照が寂寥《せきりょう》感を漂わせる。そんなときに、畑仕事を済ませた隼人が裏口からひょっこりと顔を出したのだ。

「海って……急にどうしたの」

面倒くさいな。

父が亡くなってから、雪面を転がる雪玉のように徐々に大きくなる鉛玉が、思考を停止させていた。

「いいじゃん。弁当作ってさ。俺も一緒に作るし。何する？　何作る？」

わくわくしたように冷蔵庫を漁り始めた。

「行くなんて言ってないよ。……何探してるの」

「鰹節。唐揚げ作ろうぜ。チョーさんが作ってたやつ」

そう言って手当たり次第に、引き出しやらを開けていく。

「鰹節はそっちの棚」

「サンキュー。で、鶏肉に醬油と、砂糖と……」

えーっと、と右往左往する姿に、「はぁー」と長い息が漏れた。

「鶏肉はビニール袋でいいよ。調味料全部入れて揉み込んで。漬け時間は長すぎても良くないから、その間にポテトサラダを作ればいいでしょ」

するとと隼人がビニール袋を差し出した。

「唐揚げ弁当でお願いします！」

「なんで私が……唐揚げ弁当って、もしかしてミツさんの？」

「もちろん。俺はじゃがいも茹でるわ」

ビニール袋を受け取り、嘆息する。本当に強引なんだから。

「じゃがいも茹でてる間に、きゅうりを切って塩を振っておいて」

「了解。コーンも入れるよな。あとはハムも」

「そうだね。ミツさんのポテトサラダには入ってたね」

　隼人がハムとコーンを炒めていく。

　しばらく調味料に漬けた鶏肉に卵と鰹節を加え、小麦粉と片栗粉を付けて、油に投入した。

「ポテトサラダは、マヨネーズと砂糖、塩、少しだけ粒マスタード。レモン汁もね」

「ちょい待って、えっと、粒マスタード……と、マヨネーズと」

「レモン汁と砂糖に塩」

　言いながら、綺麗に色付いた唐揚げを網に引き上げた。

「オッケー。よし、味見。うんまっ！」

「ちゃんとミツさんのポテトサラダになってる？」

「なってる！　完璧！」

　隼人が力強く親指を立てる。あとは玉子焼きときんぴらごぼうだ。たくあんは冷蔵庫に残っていたはず。唐揚げが冷めたらお弁当箱に詰めなきゃ。

　やっぱり料理をしている間は、余計なことを考えずに済んでいい。台所に立って忙しくしていると、心も穏やかになるような気がする。

「ねえ、それが着たかっただけじゃないの？」

駐車場に車を停め、上機嫌でスキップしていた隼人が振り返っていたずらっぽく笑う。

「あ、ばれた？」

今朝早く、眠そうに目を擦りながら月子さんが店まで届けてくれたシャツは、梅と鶯だ。丸みのある可愛らしいタッチで描かれた鶯が梅の木でさえずるデザインの下に、言葉が添えられていた。

きみのとなりが　あったかい
綿あめみたいな文字の上に寝そべるように、茶色いまん丸な猫がいる。でろんと溶けたような体形は、まさしく西郷さんそのものだ。

「灯台に行こう。って何やってんだよ、コケるなよ」

「ご、ごめん」

指の間を音もなくすり抜けてしまうほど柔らかな浜の砂。足を取られながら歩く私を見かねて、隼人が手を差し出した。

ざん、ざん――

足元に注意しながら歩く私の耳には、汀《みぎわ》の音と、私と同じタイミングで砂に足を取られる隼人の笑い声が優しく交ざり合う。

「よし。灯台の下までだーっしゅ！」

「えっ、待ってよ」

ウクレレのケースが左右に揺れる隼人の背中を追いかけ、白くそびえる灯台までやってきた。電線のない、夕焼けに染まる空と海の風景に灯台が映える。

隼人が肩にかけていた鞄からお弁当箱と水筒を取り出し、堤防から足を海へと投げ出して座った。

「まじで旨い！　しかも懐かしー。やべ、なんか感動するわ」

隼人がポテトサラダを食べながら鼻をすする。私は唐揚げを食べた。鰹節の風味がふわりと広がる。ポテトサラダときんぴらごぼう。出汁の利いた玉子焼き。ミツさんのお弁当と同じレシピの料理に交ざる、鰹節が香る唐揚げ。

「唐揚げ、やっぱいいわ。大好きなミツさんの味と、津久茂島の味が一緒の弁当箱に入っててさ」

「津久茂島の味っていうか、チョーさんの味だけどね」

私はたくあんをぽりぽりと噛みながら、足を前後に揺らす。

「でもチョーさんの料理は島の人たちから愛されてるだろ。ってことは、島の味みたいなもんだよ。っていうか一回味見で食べてるのに、ここで食べたら、さらに旨いんだけど」

「うん。外で食べると余計に美味しいのかも」

　私もポテトサラダを食べた。弁当屋で働き始めて最初に教わったのがこのポテトサラダだ。じゃがいもは潰しすぎない。ごろごろとした部分も残して、レモン汁でさっぱり感を加えている。

「そのシャツ、可愛いね」

「だろ。でも買うつもりだったんだけどな。悪いことしちまった」

「いいんじゃない。それだけ隼人に着て欲しかったんだよ」

　このシャツを持ってきた月子さんは、「お金はいらないから」と押し付ける形で隼人に渡していたらしい。私は朝食を作っているところだったので、詳しくは知らないのだけど。

「俺にぴったりだからって言ってたんだよな。梅に鶯。あと、この言葉」

　隼人が背中を私に向ける。きみのとなりがあったかい……。

「俺とことりのことなんだって」

「え？」

「梅に鶯は、互いにかけがえのない存在って意味でデザインしたって。この言葉は、俺らがいるあの店が、月子さんにとって温かい場所なんだって言ってたよ」

「そうなんだ」

なんだか思っていたのと違った。私はてっきり、月子さんは隼人のことを――

「俺は、ことりと店をやって良かったって思ってる。親父さんのことがあった今でも、それは変わらない。どんなときも後悔なんてしなかったよ。だって俺がこの島に来たから、ことりと店をやってる。こうして一緒にいるから、この弁当が食べられたわけだし」

海を渡った潮風がふいにこれまでの記憶を呼び起こした。切ないような、愛おしいような、懐かしいような、複雑な感情で胸がいっぱいになる。

「……うん」

「ミツさんの店ですげぇ頑張ってるの見てきたからさ。ことりが抱えてる事情とか知らなかったけど。それでも美味しいものを食べてもらおうって気持ちも伝わってきたし、料理に対してすげぇ真剣な姿が好きだったんだよな。ひたむきに頑張る姿って、こんなに格好いいんだって思った。だから俺も、どんなことも全力でやってみようって思えたんだ」

「そうなの？」

なんだかちょっと恥ずかしい。今までそんな話、一度だってしてこなかったのに。

「前も話したけど、ミツさんの弁当屋で働き始めたのは、ばあちゃんに対しての後悔からだったわけ。独りよがりの償いでしかなかった。でも、自分の人生を一生懸命生きることが、ばあちゃんは一番喜ぶんじゃないかって思ったんだよ」

残り二つになった唐揚げを隼人と一つずつ取って頬張った。空になったお弁当箱の蓋を閉じて、割り箸をのせる。ごちそうさまでした、と声が重なった。

「生きてれば、後悔なんていくらでもあってさ。嫌な記憶とか、悲しいこととか」

そう言って、灯台の裏に回った。でもさ、と続ける隼人の声に耳を傾ける。

「すでに起きたことには抗えないけど、これから自分が起こすことは変えられるじゃん」

うん――。姿が見えない隼人に、短く相槌を打つ。

「生まれた環境とか、周りによって起こってしまうこととか、自分で変えられないものはどうしようもないんだよ。世の中は不公平なんだ。それが普通で当たり前。仕方ないことなんだよ。でも幸せになる権利は誰にだってある」

不公平が当たり前。これまでの私にはそんなふうに思えなかった。少なくとも、父のことに関しては。

「親父さんのことは、話で聞いてる分にはとんでもない人だと思った。俺は親父さんも寂しかったんだろうから仕方ないとか思わねぇよ。悪い人間も嫌な人間もいる。根っこの部分がどうかなんて関係なくて、自分が嫌な奴だ、酷い奴だって思うなら許さなくてもいいんだ。でもさ……」

隼人の声が遠くなる。何をしているのだろう。

「そのことをずっと心に抱えて苦しみ続ける人生はもったいないよな。幸せになる権利は誰にだってある。幸せになるための道を進むのも、自分次第なんだよ」

父の最期は呆気ないものだった。苦しむ父に、痛み止めを打つよう頼んだのは母だ。楽にしてあげてください——そう言った。

私は隣で、死ぬ間際まで苦しめばいいのに。そう思っていた。

だが母は違った。あれだけ苦しめられた父を許したのか。許せるの？　こんな奴を。私を殺そうとまで母に思わせたこの男を。母に苛立ちさえ覚えた。

眠るようにして亡くなった父を前に、私は言いようのない空虚感に苛まれた。嬉しいはずなのに、心は空っぽだった。灰色の心に浮かんだ言葉が雪のように降り積もって、鉛玉を大きくしていた。

私のこれまでの人生は、なんだったのよ。

父に怯えた幼少期。支援施設に入り、津久茂島に引っ越し、大人になってまで父から逃げる人生。

「俺の勝手な想像だけど。お母さんなりに、これからの人生を生きるためだったんじゃないかな。親父さんを許したとかじゃなくてさ。ことりの思いを蔑《ないがし》ろにしたわけじゃないと思うんだ。だってお母さん、いつもことりの料理を幸せそうに食べてくれるじゃん」

「……うん。そうだったね」

夕陽が色濃くなっていく。穏やかに堤防を打つ波の音が、私の心をも揺さぶる。

「人の心なんて一本の糸では繋がらないんだよ。ことりのことも大切。でも過去にけりをつけるためには――前を向くためには、親父さんを恨むばかりではいられない。それはことりが苦しんできた感情を無視するって意味じゃないんだ」

これもただの想像でしかないけどさ、と続ける。

「お母さんは過去とじゃなくて、ことりと向き合う人生を選んだんじゃないかな」

言いながら、隼人が灯台の裏から出てくる。隣に腰を下ろした。

「ことりは、今、誰の笑顔が見たい？」

「私は……」

太陽の三分の二が水平線の向こうに沈んでいた。水面は濃厚な夕焼けの色を溶かす。藍色と鬼灯《ほおずき》色のグラデーションの空を、飛行機が音もなく飛んでいた。

「お母さん。それと――」

水平線を見つめたまま言った。視界の端で隼人が頷く。

「ことりの台所で、たくさんの人の笑顔を見たい」

母だけでなく、月子さんや浩二君、マリーさん。チョーさんもあかりちゃんも。みんなの笑顔が見たい。

「お母さんと、ちゃんと話してみようかな」

「うん。きっと、待ってると思うよ」

静かな世界に、二人の吐息と、波音が流れる。

「じゃあさ、いっちょ景気付けに」

隼人が意味深ににやりと笑った。

さっきからずっと合わせたままの手の隙間をこちらに向けてきた。ほら、と言われて覗くが、暗くてよく見えない。

「じゃーん」

開いた手に何か乗っている。なんだろう。顔を近付けた瞬間——

「いやぁっ、何これ、ちょっと！」

もぞもぞとした動き。「それ」も驚いたのか、無数の足をざわめかせて隼人の手から駆け下りる。そのシルエットは、世界で一番嫌いな黒いアイツに似ていて、咄嗟に飛び上がった。

「ちょ、やだ！　むりむりむり！　虫でしょ、今の虫だよねっ」

あり得ない、あり得ない。この状況でそんなものを見せる⁉

「あははは、フナ虫。さっき灯台の裏で見っけたやつ」

フナ虫はコンクリートを走り抜け、テトラポットの隙間に入り込んだ。この男はいい話をしているときも、私が真剣に考えているときも、ずっとあのフナ虫を隠し持っていたということだ。

「もう、本当……意味わかんない」

意味がわからなすぎて笑えてくる。笑いすぎてお腹が痛い。こんなに笑ったのはいつぶりだろう。普段使わない筋肉を使っているのか、頬が痛いくらいだ。

「ごめんごめん。でも面白かっただろ？」

ウクレレを抱え、人差し指で下から上に弦を弾く。

ポロン
軽やかな音色が、黄昏の空に転がるように響いた。

「俺も、ことりの笑顔が見たいなって思ったんだよね」

ポロン、ポロン
やがて音が繋がって、メロディを奏で始める。

原曲よりも遅いテンポにアレンジされているが、耳にしたことのある曲だ。あまり音楽に詳しくない私でも、テレビのコマーシャルか何かで聞いたのだろう。

名残惜しそうにしていた太陽も、曲が終わる頃には、とぷんと、甘い音を立てるかのように、水平線の向こうに沈んだ。

「すごい。すごい上手だよ」

拍手せずにはいられなかった。いつになく恥ずかしそうな隼人は、目を合わせずにウクレレをケースに仕舞って立ち上がった。

「帰ろう」

堤防を歩いて砂浜に足を踏み入れるとき、隼人が差し出してくれた手に自分の手を乗せようとして、慌てて引っ込めた。

「えー、来るときは普通に繋いでくれてたじゃん」

そういえば、そうだったかも。来るときは「普通に」繋いでいた。男の人が苦手だった私が、手を繋いでいたのだ。

「無理だよ。だってその手、さっきフナ虫触ってたもん」

言い捨てて駆け出した。スニーカーに砂が入ってもお構いなしに、砂浜を走り続けた。私のあとを、まるで怪獣みたいな雄たけびを上げて追いかけてくる。自分でそんな声を出しておいて、たまらず噴き出して笑ったりしながら。

道路へ出る前に、息を整えて振り返る。

隼人はゆっくり歩きながら、宵の空をバックに、大きく手を振っていた。

「ことり、おやすみ」

洗面所から出ると、隼人が玄関で靴を履こうとしているところだった。雨漏りの修理が済んでからは、またこうして毎晩小屋に戻るようになっている。

「こっちで寝たら？」

私の言葉に、きょとんと振り返る。

「いいのか？」

「朝、こっちに来るの大変でしょ。寝起きで歩いてくるの寒いし。小屋は隙間風もありそうだし」

「サンキュー。いやー、助かるわ」

さっさと靴を脱ぎ、空き部屋に向かった。

「じゃあ、おやすみ」

「おやすみなさい。また明日ね」

部屋の襖が閉まるのを確認してから、電話のダイヤルを回した。

「お母さん、こんな時間にごめんね」

遅い時間の電話に、何ごとかと思ったのだろう。身構えるような母の声に笑いそうになった。

「あのね……お母さんの都合のいい日に、クラウンでお茶しない？」

話をしよう。改めて母の気持ちを聞くのは、少し怖い部分もあるけれど。

「いろいろあったからさ。ゆっくりお母さんと話がしたいなって思ったの。悪い意味じゃないいんだよ、むしろ——」

受話器と本体を繋ぐ渦を巻くコードに指を絡めて、唾を呑み込んだ。

「私もお母さんと一緒に、前を向いて生きたいって思ったの。浩二君のおすすめのケーキでも食べてお喋りしようよ。この島に戻ってから、一度もそういう機会なかったでしょ」

母はほっとしたような口調で承諾した。予定を見て日取りを考えるね。そう言ってくれて私も胸を撫で下ろした。

電話を終え、カーテン越しの月明かりをまぶたの裏に感じながら眠りについた。

夢の世界に落ちる間際まで、隼人が海で弾いてくれたスピッツの「空も飛べるはず」が、耳の奥で優しい音色を奏でていた。

第十四話　春の風に溶ける

東風解凍——はるかぜ氷を解く。そんな言葉もあるが、まだまだ朝晩は冷え込み、雨上がりの水たまりは凍り、風呂に入ればぬくもりに至福の息を漏らしてしまう、早春の頃。

「もしもーし」

耳元に吐息が当たって飛び上がった。

「ちょっと、何すんのよっ」

「何すんのよじゃねーの。説明、聞いてなかっただろ」

「あ、ごめん。なんだっけ、この小さいじゃがいも。いっぱい芽が出てるけど」

縁側に広げた新聞紙に、小振りなじゃがいもが転がる。

「これは種いも。食べる用じゃなくて、植えて新しいじゃがいもになるためのもの。で、これを切るんだけど、大体一つが四十グラムになるように。そのときに、芽を三つか四つ残すこと。それができたら干すんだ」

「へぇ。その持ってるやつは、お手本ってこと？」

「そう。切った断面に、こうして灰を塗る。腐らないようにするためなんだって」

隼人は手にした種いもの断面に灰を擦り付けて、ほら、と見せた。

「……それ、芽が一つしかないけど。いいの？」

「げっ、しまった」

「指導者が最初から間違えてどうするのよ」

私が笑うと、ハクセキレイが不思議そうに首を傾げていた。

そうして、ふざけつつも作業を終わらせた。畑仕事も、こうして少しずつ慣らしていけば、抵抗もなくなる気がする。


家の掃除を済ませ、珈琲を飲みながら一息ついていると呼び鈴が鳴った。

「可愛い、似合うね」

小さなオレンジ色のエプロンをあかりちゃんに着せ、うっかり目じりが下がる。

「へへ、ありがとー。いっぱいお手伝いするね。お昼ごはん、美味しいの作ろう」

気合いを入れるように、クマさん柄のトレーナーの袖を捲った。お餅みたいな柔らかい腕が露わになる。

「お兄ちゃんは？」

「ゴミ拾いに行ってるの。お昼前には帰ってくるはずだけど」

「そっかぁ……。あ、それ、ほうれん草だよね」

「そうだよ、食べられる？」

今朝採れたばかりのものだ。お客さんに出せるくらいの量が収穫できた。

「食べれるよ。お父さん、お味噌汁に入れたりするし。何作るの？」

上から見たあかりちゃんは頬がぷっくりと丸く、口元はつんとしていて、鳥の嘴《くちばし》みたいだ。小さな手がテーブルのちくわの袋に伸びる。

「これも使うの？」

「うん。ちくわとほうれん草で白和えにしようかと思って」

「白和え食べたことあるよ。作り方知ってるもん」

「本当？　じゃあ一緒に作ろうね」

驚いたことに手順を理解しているようだ。ほうれん草と人参を茹で、豆腐を水切りし、ちくわを切る――子供用の包丁がないので私も手伝ったが、完璧にこなしていた。

「お父さんに教えてもらったの？」

「サンタさんにお料理の本を貰ったの。まだ一人ではお料理しないけど、お父さんと一緒に作ったりするよ」

「へぇ、えらいね。お父さんも助かるだろうね」

頭をそっと撫でた。恥ずかしいのか、口をもごつかせて微笑む。

「お姉ちゃん、いっぱい笑うようになったね」

そう言うとカップで水を測り、計量スプーンを掴んだ。

「そ、そうかな」

私はタコをまな板にのせて、包丁を手に取った。

「あかりちゃんたちのおかげだよ」

最初は不安ばかりで、お客さんが来ても、つい台所にこもってしまっていた。それでも島の人たちは向こうから話しかけてくる。挨拶だったり、世間話だったり、料理の感想だったり。その一つ一つの積み重ねが、いつしか私に心の余裕を生んだのかもしれない。

昔はあんなに苦手だったのに。引っ越してきた頃は嫌悪感すら抱いたのに。今は、その人たちに心を溶かされている。それは恐らく、

「隼人のおかげも、ちょっとあるかな」

そう口にできるくらい、この島での隼人の存在は大きい。

「お姉ちゃんとお兄ちゃんは、恋人なんでしょ？」

ずばり、と人差し指を立てた。丸い頬をほんの少し赤く染めて。

「違うよ。ほら、ごはん炊かなきゃね」

手を叩いて強制的に空気を変える。あかりちゃんは「えーっ」と口を尖らせながらも、五歳児の興味はすぐにシジミの入ったボウルへと移った。今朝から水に浸けて砂抜きしていたものだ。そろそろいい頃合いだろうか。これはお味噌汁にする。

「今日はタコ飯だよ。美味しいよ」

「わーい、タコ好きっ。タコ飯、初めて食べる！」

恋人疑惑の目から逃れられて、ほっとしながらタコを土鍋に入れた。

料理を終え、あかりちゃんのエプロンを脱がせていると、外が騒がしくなった。一緒に玄関に向かうと、呼び鈴を押そうとしていたチョーさんと目が合った。隼人は車から降りてくるところだった。

「おー、いいタイミング。陽ノ江でゴミ拾いしてたらチョーさんと会ってさ。うちに来る予定だったみたいだから、一緒に帰ってきた」

チョーさんが気まずそうに、手にしていたビニール袋を差し出した。

「これ、やるよ。売り物にならない規格外品ってやつでな。味は変わりないから、いつも農家から送ってもらうんだが」

「こんなにいただいていいんですか？」

立派な太ネギだ。以前、チョーさんの店で食べさせてもらった、九条太ネギだった。規格外品ということはサイズ的に小さいのだろうか。そんなの気にならないくらい青々として美味しそうなネギだけど。

「この前、旨いって言ってたからな。……食べるかと思って」

「仲直りの印だねっ、チョーさん」

あかりちゃんが言うと、チョーさんの顔がみるみる赤くなる。追い打ちをかけるように「違うの？」と無垢な瞳に見上げられて、観念したように「そうでもないような。そうとも言えるような」と鼻の横を掻いた。

「んもう、親子揃って素直じゃないんだから。不器用な寂しがり屋は、今も昔も変わんないのねぇ」

突然湧いた声の主は、いつの間にかそこに立っていた。ピンクとブラウンの、懐かしい三角錐《さんかくすい》のチョコレート菓子みたいな頭のマリーさんがいた。ちょっと不服そうに唇を尖らせた月子さんも一緒だ。

「だ、誰が寂しがり屋だ。ったく、また月子はこんな奴と一緒に……」

「あーら、えらそうに。チョーさんがどうして家出したかってことくらい、島の人間ならみーんな知ってるわよ」

重力に逆らうようにスプレーで固めた三角錐の頭が、動くたびにゆさゆさと前後に揺れる。マリーさんが「ねぇ」と隼人に視線を投げかけた。

「知ってたの?」

私が聞くと、それまでずっと黙って見ていた隼人が、気まずそうに苦笑した。

「ちょーっと、やばい!　駄目、美味しすぎる。タコ飯、あと三杯はおかわりするから」

あんたたち天才よっ、とマリーさんが私とあかりちゃんを抱き寄せた。スプレーでがちがちに固められた毛先が鼻を刺激してくすぐったい。縁側に寝そべる西郷さんが「ぶにゃあ」と呑気に鳴いた。

「そうだ、あかりちゃん。ツバキ屋でお菓子でも見繕って、父ちゃんに渡しといてやるからな。仕事のあと、うちの店に寄るって言ってたから」

チョーさんの店ではテイクアウトもやっているらしい。戸波さんも時々買いに来るのだそうだ。

「ほんと、この島の人は優しいですよね」

シジミの身を殻から外しながら、隼人がチョーさんたちに視線を巡らせた。

「娘にできなかった分、余計にね」

マリーさんが真っ赤な唇を吊り上げる。

「チョーさんは、どうして家出しちゃったの？」

あかりちゃんの濡れた瞳がチョーさんを見上げる。

「チョーさんも疲れちゃったの？」

「……いや、違うさ。おじちゃんは……大人げなかっただけだよ」

「おとなげない？」

どういう意味？　とあかりちゃんが首を傾げる。その口の端に付いていたごはん粒を、私はそっと指で拭い取った。

「チョーさんはね、月ちゃんが幼稚園で描いてきた絵を、これは自分だって譲らなかったのよ」

マリーさんが「ふふん」と鼻を鳴らす。

「月ちゃん、その頃は絵がへたでねぇ。顔中から毛が生えた、サツマイモみたいな似顔絵だったんだけど、それをこれは俺の顔だって言い張ったの。彼女が描いた絵としては初めてちゃんと目と鼻と口が揃ってたみたいで、余計に自分だって思いたかったんでしょ」

チョーさんは聞こえないふりをして味噌汁を呷《あお》る。

「今よりずっとぼーっとした子供だったから、自分でも誰を描いたか覚えてないのよ。でも持ち帰ったのが母の日だったから、私に決まってるでしょってツバキさんに言われて拗ねちゃったの。プライドだけは馬鹿みたいに高いから、帰るに帰れなくてそれっきりね」

あかりちゃんに「そうなの？」と訊ねられたチョーさんが「まぁな」と目を逸らした。

「お姉ちゃん、寂しかった？」

縁側で西郷さんと一緒に伸びていた月子さんが、うつ伏せの状態からごろん、と仰向けになった。んー、と天井を見上げ、頭を床に擦るように横に振る。

「みんながいるから、寂しくはなかったかな」

そう言うと、機敏な動きで体を起こした。

「ネギ」

ぶん、と首の筋を違えそうな勢いで振り向く。

「ネギ焼かなきゃ。ことりちゃん、お父さんが持ってきたやつ」

「あ、はい」

追い立てられるように台所に向かった。ネギのことになると、こんなに素早く動けるのか。

「焼いて、鰹節のせて、お醤油垂らすの」

月子さんの見張りのもと、丁寧にネギを焼いた。

「あかりも、みんながいるから寂しくないんだぁ」

居間から聞こえた声に、月子さんと顔を見合わせて微笑んだ。

その日の夜は雨が降った。ざっと吹き付ける雨風が雨戸を叩く。西郷さんは雨音から逃げるようにこたつの中に入っていた。

夕飯はお昼の残りで済ませた。白和えはなくなってしまったので、代わりにネギを天ぷらにした。タコがごろごろ入ったタコ飯に舌鼓《したつづみ》を打ち、シジミの味噌汁で体を温める。ネギの天ぷらは粗塩を付けて食べた。会話も忘れて黙々と頬張る私と隼人。お腹が満たされた頃、ようやく視線を交わした。

「旨かったなぁ」

「うん。すごく美味しかった」

なんて幸せな時間なのだろう。そう思うと同時に、明日からのことが頭を過る。

「しばらく、一人でごはん食べるんだなぁ」

明日から隼人は、ミツさんの様子を見に本州へ行ってしまう。私は店があるし、畑の世話もしなければならないから寂しがっている暇はないだろうけど、食事のときには寂しさを痛感してしまいそうだ。

「寂しい？」

隼人が眉を上げてにやりと笑う。

「寂しくないよ。みんなもいるし」

あかりちゃんと月子さんの言葉を借りて誤魔化した。

「ほぉん」

「ちょっとやだ、鼻ほじったでしょ」

「ほじってませーん。ほら、引っかかったー」

へへん、と鼻の脇に人差し指を擦り付けて、腹立たしい表情をした。

「ガキかっ」

したり顔のお調子者に、思わず顔が引き攣る。隼人はさっさと私の分も食器を重ねると台所の暖簾をくぐった。

「俺は寂しいけどねぇ」

自作のメロディに乗せて言うと、流しの前に立ち、蛇口のハンドルをひねった。

隼人がミツさんのところに行ってから、数日が経った。

朝は畑の世話から始まり、店を開け、居間と台所を行ったり来たりの日々。営業時間を短縮させているのと、お客さんの誰もが寛大な心で見守ってくれているのが救いだ。

猫の手も借りたい。そんなふうに思うほど忙しいときでも、西郷さんは縁側で気持ち良さそうにへそ天で居眠りをする始末。薄目を開けるくせに、目が合いそうになると閉じてしまう。なんだか本当に人間みたいだ。

今日も早めに店を閉め、柵にかけた看板を下ろした。窓に溜まった結露を拭いて、身支度を始める。

「……やっぱり派手かなぁ」

慣れないスカートを穿き、鏡の前に立った。マスタードイエローのロングスカートが体の動きに合わせてふわりと揺れる。

昨日、商店街で買ったものだ。あまり自分の服装に興味がなくて、もう何年物かもわからないような服を着続けていた私がスカートを買った。そしてその帰り、靴屋さんにも立ち寄った。自分でもどういう心の変化なのかはわからない。だけど、その変化が心地いいとも思えてしまう。

玄関で新しい白いスニーカーの靴紐を結ぶ。丸山さんのタクシーのエンジン音を合図に家を出た。

「いらっしゃいませ。あ、森野さん。窓際の奥の席にいらしてるよ」

珈琲の香りを連れて迎えてくれた浩二君が、母の背中を見遣る。

「こんにちは。ありがとう」

ティータイム時の喫茶クラウンの店内は、五卓あるテーブルのうち、四卓が埋まっていた。カウンター席では白髪の女性客が肩を並べて談笑している。

「あらぁ、素敵なスカート。いい色よ。よく似合ってる」

私の姿を見た母が、真っ先にそう言ってにっこり笑う。自分で選んで買ったのに、改めて言われると恥ずかしい。

「いいお店ね。お洒落で、落ち着いてて。そこのショーケースのケーキも美味しそうよね」

店の中央にある三段のショーケースには、シフォンケーキや様々な飾り付けのケーキが陳列されている。ラズベリーやブルーベリーがどっさりのったケーキ、真っ赤ないちごがのったチョコケーキなども並んでいた。これらは日替わりで、浩二君の手作りらしい。母と私は、シナモンミルクティーとベリーショートを注文した。

「フィナンシェとかクッキーとか、オープンサンドもあるのね。いろんなフレーバーの紅茶とか、アフタヌーンティーセットも素敵。何時に起きて準備してるんだろうね」

「お母さん、テンション上がりすぎだよ」

こんなふうに笑えるんだ。そう思うとなんだか嬉しい。

「お待たせしました。ベリーショートとシナモンミルクティーです」

「あらシナモンスティック。お母さん、こういうの初めて」

わくわくを隠しきれない子供みたいに、シナモンスティックでミルクティーをくるくると混ぜる。

「職場の人とお茶したりしないの？」

「なかなかね。でも初めてがことりで嬉しい」

そんなことを恥ずかしげもなく言って微笑む。

「まぁ、元気そうで良かったよ。あれから……どうしてるのかなって思ってたから」

シナモンの香りとまろやかなミルクティーが舌に広がる。体が芯からぽかぽかする。

「大丈夫よ。ごめんね、お店にも行けなくて。お父さんが亡くなってからは、確かに思うところはあったけど、今はもう平気」

カップをソーサーに置き、フォークでケーキの先をすくい取った。美味しい、と口角を上げる母の頬は、一段とくたびれて見えた。

「正直、もうちょっと気が楽になるかなって思ったの。でも違った。本当にただ寂しかったんじゃないかって思っちゃって。私も逃げたり怯えたりするばかりじゃなくて、もう少しやりようがあったんじゃないかなってね。私がツバキさんみたいに自分の意志をはっきり言えて、断固とした態度でことりを守れるような母親なら、また違った未来があったかもしれないでしょ。……考えたって、今更どうしようもないんだけどね」

そう冗談めかして笑う母に、私は誤魔化すようにケーキを食べた。たっぷりのった様々なベリーが甘酸っぱい。

「笑顔もない暗い結婚生活を送って、離婚して、別れた妻と子を追いかけ回して、最後は病気で。あの人の人生ってなんだったのかなって思ったら、やるせなくなっちゃって」

あの人の人生？　病気は気の毒だけど、それ以外のことを選択したのはあいつだよ。

穏やかに凪《な》いでいたはずの私の心が、ざわざわと小さな波を立て始める。

ケーキのスポンジを突き抜けたフォークの先が、皿に当たって無機質な音を立てた。

「あの人の人生って何？　あいつのせいで、お母さんは私を――」

カウンター席の女性と目が合った。すみません、と身を小さくして頭を下げた。

違う。こんなことを言いに、ここに来たんじゃないのに。

「お母さんには、ことりがいたから」

母は近くを通りかかった浩二君におかわりの珈琲を二人分頼むと、商店街に流れる人の波に目を向けた。

「お父さんが言ってたことは本当。まだ小さかったことりの眠る顔を見て、世界で一番可哀想な子にしてしまったって思った。お父さんが怒鳴るたびに、ことりが不安そうな顔をするの。大切な娘すら守れない、立ち向かう勇気もない母親でごめんなさいって。自分もあとを追おうって……」

珈琲が運ばれてきて、母と私の間に柔らかな香りが立ち上る。

「でも、ことりの小さな呼吸の音を聞いてると、できなかった。汗をかいた温かい肌に触れると、無邪気な笑顔が頭に浮かんだの。朝陽の差す部屋で、『ママ、おはよう』って伸ばしてくれる手に触れたかった」

珈琲を飲んだ母の、皺だらけの首がごくりと上下する。

「私がいなければ、離婚だってもっと早くにできたよね」

お母さんは私と向き合おうとしてくれているのに。わかってるのに——

自分から言っておいて、目の奥が熱い。下唇を噛み締め、表情を隠すように俯く。

珈琲の水面に映った顔は、今にも泣き出しそうに歪んでいた。

「違うのよ。それだけは違う。絶対」

恐る恐る顔を上げて、母と目が合う。その瞳は真っ直ぐに私を見ていた。

「ことりがいなくても、お母さんはすぐには離婚できなかった。むしろ、ことりがいるから勇気を振り絞って家を出られたの。お母さんは逃げるために家を出たんじゃないのよ」

節の目立つか細い指が、カップを包み込む。

「テレビでこの島の特集をしてたの。インタビューを受けてたのがツバキさんと月子ちゃん。映っていた風の丘地区の風景が本当に素敵で、ここで新しい人生を生きたいって思った。きっと、この場所に私たちが笑顔で過ごせる未来があるって思ったの」

直感だけどね、と珈琲に息を吹きかけた。

「ことりは、自分のせいでお父さんがこの島に来たって言ってたけど」

最後のひとかけらのケーキが私のフォークからこぼれ落ちた。母がゆっくりと頭を振る。

「ことりのせいじゃない。あの人のことだから、いずれこうなっていたと思う。そんなことよりも」

穏やかな色を浮かべた母の瞳が弓なりに弧を描く。

「お母さんはね、ことりが隼人君とお店をやってくれて本当に良かったって思ってる。最初は少し慣れない様子だったけど、どんどん笑顔が自然になってきたもん」

何をするにも一生懸命。全力なんだもの」

「そうかな」

ようやく少し笑えて、お皿に転がったケーキをもう一度フォークにのせた。

「隼人君と一緒にいるときの、ことりの笑顔がすごく自然でね。二人を見ていて、過去ばかりじゃなくて、今と未来を見て生きることが大切なんだって気付かされた。彼、何をするにも一生懸命。全力なんだもの」

それからしばらく母と談笑していると、商店街にツバキさんが通りかかった。こちらに気付いたツバキさんを母が手招きし、テーブルにやってきたのと入れ替わりに私は席を立った。

「そろそろ帰るね」

「ごめんねぇ、急に割り込んだみたいで。せっかくの水入らずなのに」

「いえ。これから隼人が帰ってくるんです。お母さんも、ツバキさんと一緒にお茶できて良かったね。美味しいお菓子もあるし、ゆっくりしていってね」

浩二君に挨拶を済ませて店を出ようとすると、母に呼び止められた。テーブルに戻った私の耳元に顔を寄せる。

「今まで過保護になりすぎてごめんね」

「どうしたの、急に。別になんとも思ってないよ」

……思ってたけど。

ツバキさんはメニューに釘付けだ。こっちも美味しそう、これもいいわねと真剣に悩んでいる。

「手、出して」

差し出した私の手を両手でそっと包み込んだ。母のぬくもり。最後に手を繋いだのはいつだっただろう。皺がたくさん刻まれた、乾燥した薄い手だ。

「大きくなったね。あの頃は想像もできなかったのに」

ぽつりと呟いた母の目じりにあるものが、窓から差し込む夕日に照らされて、ひらりと反射する。

「ことりの手は、みんなの笑顔を作る手ね」

ごめんね、引き留めて。そう言って手を離した。ツバキさんが「これに決めた」と顔を上げる。

店を出て、振り返る。

ありがとう――

恥ずかしくて面と向かって言えなかった言葉を、唇の形で伝えた。母は窓の向こうから、にっこり微笑んで手を振っていた。

商店街で買い物を済ませて、もう一度クラウンの前を通ると、アフタヌーンティーセットを前にした母とツバキさんの楽しそうな横顔が見えた。

二月の西日は、とても眩しくて。

思わず目を細めると、手を振る人影が見えた。

「ことりー」

夕景を背に、通りの向こうで隼人が手を振っていた。

「家にいないから、まだこっちかなって思って迎えに来た。車、駐車場に停めてるから行こう。買い物袋、貸して」

差し出された隼人の手は、氷みたいに冷え切っていた。

「っていうか、スカートと靴、買ったの？　ことりのスカート、初めて見たけどめっちゃいいじゃん」

「そ、そうかな。でも慣れないから、たまにしか穿かないかも」

やっぱり恥ずかしくて、そっけない態度をとる自分がいる。

「えー、なんでよ。どんどん穿けばいいのに」

そう笑う隼人の鼻先が少し赤い。

「ねぇ、本当に今来たところ？」

「そうだよ」

鼻歌を歌いながら返事をした。

「ミツさん、元気にしてた？」

「んー、そうだな。まぁ年だからな。店を閉めるときに怪我もしてる分、俺らがいた頃と同じとは言えないよ」

「そっか。そうだよね」

びょう、と商店街を抜けた風に、スカートが大きくはためく。

「そうだ、あのね。畑のこと……玉ねぎ、病気かもしれない」

葉の様子がおかしいのだ。黄色く変色していて、日ごと範囲が広がり始めている。

「ごめんなさい」

隼人が頑張って育ててきた野菜を駄目にしてしまったかもしれない。感情を堪えて歪む口元をマフラーで隠す。

「何言ってんだよ。俺なんて、これまで失敗しまくりだぞ。そら豆も植え付け時期を間違うし、うどんこ病とかなったやつもあるし。他にもやらかしてんだから」

「でも……」

「失敗したっていいじゃん。失敗は経験だよ。経験を積まなきゃ上達もしないだろ」

横断歩道で立ち止まり、買い物袋を持ったまま両手を空に向かって掲げて、うんと伸びをする。

「苦手なことがある。それを克服するために頑張る姿にこそ、人は惹かれるんだよ」

「……そうだね」

水彩絵の具みたいな、淡い色の空。すれ違う親子の平穏な会話が遠のいていく。

「隼人」

ん？　と私と同じように空を見上げながら言う。

「おかえり」

「おう。ただいま」

今度はさっきと違って、まるい風が吹いた。

信号が青に変わって、新しいスニーカーで踏み出す。

まだ梅も桜も咲いていないはずなのに、少しだけ花のような香りがした。

第十五話　桜舞う丘で

春が来た。春告鳥《はるつげどり》の、伸びやかで透明な歌声が空に響く。私たちの暮らしを見守るように佇むイロハモミジも、鮮やかな緑を輝かせ、そよぐ風に繊細な葉を揺らしていた。

月子さんと浩二君、隼人と一緒にテーブルを囲み、お茶をする。

「めっちゃ食べるじゃん。もっと買っとけばよかったな」

「本当だね。次からは大きい袋のを買っとくよ」

もう何個目かわからない黒糖をぼりぼりと噛み砕く月子さん。無心で食べては、お茶で喉を潤《うるお》して、また食べる。さらにもう一つの黒糖に手を伸ばそうとして、急に顔を上げた。

「焼けた」

ほぼ同時に、オーブンの電子音が台所から聞こえてきた。私はミトンをつけた手でオーブンを開けた。あふれ出す甘い香り。こんがりと綺麗に焼けたクッキーが姿を現した。

「すげぇ、プロ並みじゃん」

「美味しそう」

月子さんが目を輝かせる。

「浩二君のレシピのおかげだよ」

「森野さんの勘がいいからだよ。お菓子ってレシピ通りにしても、混ぜ方とか、焼き加減で失敗することがあるからね」

褒められて照れてしまう私をよそに、早速お皿に伸びた手がクッキーを掴んだ。

「おいひぃ。まだちょっと柔らかいね」

「焼きたてだからね。しばらく冷ましたらまた食感が変わるよ」

頬を膨らませて咀嚼《そしゃく》するハムスターみたいな彼女を、愛おしそうな目で見る浩二君。

縁側の陽だまりで昼寝していた西郷さんが匂いにつられて、重そうな体を起こす。

「西郷さんは食べられないぞ。猫用のおやつ出してやるから、待ってな」

テーブルから顔半分を出して「くれ」と訴えてくる西郷さんだが、廊下でおやつの袋が開く音がすると、一目散に居間を飛び出した。

それにしても、今日は本当にいい天気だ。暑すぎず、寒すぎず。朝も、身を縮めながら畑に出るようなことはなくなったし、こたつも仕舞った。開け放った窓から流れ込む風が心地いい季節だ。

「あかりちゃんって、いつ来るの？」

浩二君が時計を見上げた。

「もう少しだと思う。保存するのって瓶でいいんだよね」

「そうだね。しっかり冷ましてからね。あるなら乾燥剤を入れておくと長持ちするよ」

もう四つ目のクッキーをかじっていた月子さんが、ふと思い立ったように言う。

「これ持って出かけたい」

西郷さんにおやつをあげていた隼人が「賛成」と居間に戻ってきた。

「あかりでーすっ。こんにちは！」

元気いっぱいに響き渡った声を真っ先に出迎えたのは西郷さんだ。喉をごろごろ鳴らして、あかりちゃんの足にまとわりついていた。

「あれ、マリーさんもいる」

隼人の言う通り、あかりちゃんの後ろにいるのはマリーさんだ。

「月ちゃんが誘ってくれないから、戸波親子についてきたんじゃないの〜。あら、お出かけ？」

いつの間にか月子さんは鞄を提げ、帽子もかぶって、出かける準備は万全だ。

「お花見に行くの」

「あれ、お花見なの？」

浩二君が訊ねると、「駄目？」と首を傾げる。月子さんにこんな顔をされて、浩二君が拒否するはずもない。


ルームミラー越しに、後部座席の浩二君と目が合う。膝にのせられたペットキャリーの窓から西郷さんの半月の目が覗いていた。

隼人の運転する車には私と浩二君と西郷さん。月子さんはマリーさんのバイク。戸波さんの車にはあかりちゃんが乗っている。

軽自動車の後部座席から手を振るあかりちゃんに、私と隼人も振り返す。あかりちゃんが前を向き、ごそごそとシートベルトを締めるような動きをしたあと、エンジンがかかった。

「じゃ、俺らも出発しますか」

戸波さんに続いて、私たちの車も森へと入る。若葉色の日差しが、地面に光の粒を散らしていた。窓を開けると、少し水っぽいような青い匂いが心をくすぐる。

大通りから風の丘地区に続く坂道へと曲がる。林道を抜け、視界が開ける。フロントガラスに風の丘地区の景色が広がった。

「こっちよぉー」

実家の前に車を停めると、土手の上にマリーさんと月子さんが立っていた。

「ことりのお母さんにも声かけてみなよ」

「えぇ、なんかちょっと恥ずかしい」

「何言ってんだよ。ほら、せっかくなんだし。……もう、俺が行ってくる」

「あ、ちょっと――」

隼人がチャイムを押すと、台所の窓が開いた。

「あらぁ、どうしたの。車の音がしたからもしかしたらって思ったのよ。ちょっと待っててね、すぐ出るから」

ばたばたと廊下を歩く音が近付く。

「あそこにいるのって月子ちゃん？　みんなお揃いで、もしかしてお花見？」

「そうなんです。良かったら一緒にどうかと思って」

「隼人が勝手にね」

照れくさくて、つい口を挟んでしまった。

「いいじゃない、お母さんも行くわ。先に行ってて。珈琲淹れて行くから」


花弁を抱いた風が、隼人の前髪を吹き上げる。

「すげぇ、桜並木。めっちゃ綺麗じゃん。風も気持ちいいなぁ」

「森野さん、誘ってくれてありがとうね。お花見なんていつぶりかしらねぇ」

ツバキさんが靴を脱いでレジャーシートに上がる。戸波親子と母とツバキさん、月子さんとマリーさんは大きいレジャーシートに座る。小さい方に隼人と私、浩二君とで座った。

「どうぞ。遠慮せず、たくさん食べてください」

母たちの方にも、今日作ったクッキーを渡した。チョコチャンククッキー、バニラクッキー、スノーボールクッキーもある。

「美味しそうねぇ。みんな珈琲も飲んでね。人数分のマグカップも持ってきたから。あかりちゃんには、みかんジュース。これ美味しいのよ。果汁百パーセントで、おばさんも大好きだから、是非飲んで欲しくて」

「わぁい、ありがとう」

ごくごく、とみかんジュースを一気に飲むと、「ほんとだぁ、おいしいっ」と、おかわりした。

「んまぁ、いいお母さんじゃなぁい。あたし、この赤いカップ。うふ、情熱の赤よ」

マリーさんが口紅と同じ、真っ赤なマグカップを手に取った。

「森野さん、ありがとうございます。みんなもありがとう。良かったなぁ、あかり」

戸波さんに撫でられて、あかりちゃんが嬉しそうに頬を赤らめる。

珈琲の香りと、パステルブルーの春の空。

淡い緑の草や野の花が風に踊り、絵画のような幻想的な桜色が空を彩っていた。

桜に彩られた山の中腹に、津久茂神社の鳥居の朱色が映える。

ぽてぽてと土手を歩く西郷さんを、月子さんが追いかける。少し離れた草陰に西郷さんが鼻を寄せると、ひらりと白い蝶が舞い上がった。

「月子さんって不思議な人だよな。一般的に言えば『変わった人』なんだろうけど、そこが面白いっていうか。人と違う感性があるから、誰も思いつかないような絵を描けるわけだし。あ、寝転んじゃったよ。俺も仲間に入れてもらお」

隼人は大股で月子さんのもとへ行くと、同じように大の字に寝転んでしまった。隣では西郷さんも仰向けになって、無防備極まりない幸せそうな表情を浮かべている。

三人揃って、同じようなとろけ顔になっているではないか。

浩二君とチョコチャンククッキーをかじる。外はさっくり、中はしっとり。大きく割って混ぜ込んだチョコがアクセントになっている。

「浩二君と月子さんって幼馴染なの？　同じ風の丘地区だし」

「中学からだよ。僕、学校を休みがちでクラスに馴染めなくて。二年生の夏休み明けのある日、急にどうしようもなく嫌になっちゃって。校門の前でUターンして」

浩二君が津久茂神社を「あそこ」と指す。

「神社の境内でぼーっとしてたら、草むらから急に人が出てきたんだ。びっくりしたよ。それが月子ちゃんだった。頭にいっぱい葉っぱや枝を付けて、おでこに蝉まで止まってるんだよ。おしっこかけられちゃ可哀想だと思って取ってあげようと声をかけたんだけど、彼女、躊躇いなく自分で取っちゃったんだ」

浩二君は退院してからまだ体調も万全ではないようだが、言われないとわからないくらい穏やかに笑う。血色のいい顔色に、ほっとした。

「見て、あはは。月子ちゃんのお腹に西郷さんが乗ってるよ」

本当だ。私にはなかなかあんなふうにはしてくれないのに。西郷さんにとって、私は空気も同然のような扱いだ。呼んでも来てくれるかどうかは気分次第。そうかと思えば、私が落ち込んでいたりすると隣にいてくれたり。無関心なようで、実はすごく見られているような。不思議な関係性だと思う。

「隼人君ってすごいよね」

「え？　あぁ、うん。いい意味でも悪い意味でも図々しいっていうか」

でも、私はそのおかげで、こうしてここにいる。

隼人が私に関わってくれなければ。

この島に来てくれなければ。

店を始めることを躊躇う私の手を強引に引いてくれなければ。

今、こうして私はここにいなかっただろう。

「彼は、人との距離を簡単に飛び越えちゃうんだよね」

珈琲を飲み干し、自嘲めいた笑みを浮かべる浩二君に、どうしたの？　と口を開きかけたとき、隼人の声が聞こえた。

「二人もおいでよー」

「もう。しょうがないなぁ。浩二君、行こう」

「でも、僕がいると邪魔になるよ。月子ちゃん、隼人君といる方が楽しそうだし」

「何言ってるの？　大丈夫だよ。一緒に行こう」

「……わかったよ」

やれやれ、と浩二君が立ち上がると、急に喉を鳴らして笑った。

「どうしたの？」

「森野さん、隼人君に似てきたよね」

「え、う、嘘でしょ？　そんなことないよ」

「隼人君は、人に良い影響を与えられる人なんだよね。惹かれるのも、無理ないかも」

「ここ、ここ」と隼人が自分の隣を叩いて手招きしている。月子さんは眠そうな目でこちらを見ていた。

「じゃ、じゃあ。お邪魔します」

少し間を空けて私も横になった。草がひんやりと気持ちいい。こうしていると、風の匂いがいつも以上に濃く感じられる。

「あぁん！　あたしだけ仲間外れは寂しいじゃなあいっ」

地響きをさせながら駆け寄ってきたマリーさんが、私と隼人の間に体を捻《ね》じ込んだ。

「超いい景色っ」

「なんでマリーさんが間に入るんだよ。ちょ、近いし、腕踏んでるし」

「だって、隙間があったんだもぉん。『二人の間に溝』なんて良くないじゃない？　あたしはあなたたちの隙間を埋める架け橋よん。愛の天使ちゃんって呼んでねぇ」

「ぶっ、なんだよそれ。全然意味わかんねぇ」

隼人の大笑いする声が響く。

「浩二君も寝たら？」

月子さんが抑揚のない口調で言う。

「嫌なの？」

「そ、そんなことないけど。うわっ――」

西郷さんが浩二君のお腹に体当たりした。よろめいて尻もちをつくと、すかさず服の裾を月子さんが引っ張り、強引に寝転ばされた。

風が吹いた。視界の全てが見事な春色に染まる。

淡い桜と、その向こうに水色の空。

舞い散る桜が、さあっと私たちに降り注ぐ。

円を描いて、風に流されて。ひらり、ひらり、と光を透かしながら。

「浩二君、ありがとうね」

ここからは姿の見えない月子さんの声が聞こえた。

「え？」

「浩二君のおかげで、世の中には優しい人もいるんだって思えたこと。感謝してるの」

再び、桜が大きく揺れる。

「津久茂神社で浩二君が声をかけてくれて。マリーさんが居場所を作ってくれて」

次第に声が小さくなっていく。

「学校帰りに言ってくれたでしょ。何気ない言葉のつもりだったかもしれないけど」

囁くように、ゆったりと話す。眠くなってきたのかもしれない。

「そのままの君でいいんだよって。すごく嬉しかった」

母たちの談笑が聞こえる。

まぶたの裏に春の陽の光を感じながら、ゆっくりと深呼吸した。

吸い込まれるように眠りに落ちていく。

雲に浮かぶような、気持ちのいい感覚に身をゆだねていた。

爽やかな風と、葉擦れの音がする。

はらりと額に感じた小さな感触は、桜の花びらだったのだろうか――

第十六話　夏空と、山滴《やましたた》る津久茂島

八月某日。青空と陽光降りしきる夏。

あかりちゃんと隼人と三人で砂浜を駆け回り、炭酸水みたいにきらびやかで爽快な海を泳ぐ。波打ち際でおにぎりを食べ、今度は砂のお城を作る。そんな絵に描いたような夏の一日の終わりは、虫の音を聞きながら、ゆっくり湯に浸かるに限る。

畳に寝転がり、庭から流れ込む夜風に当たりながら、心地いい疲労感に微睡《まどろ》んでいた。

「次行くときは、日焼け止めを塗ろうと思います」

バスタオルを頭にかけたままの隼人が宣言した。袖で隠れていたところは元の色で、他は真っ赤だ。綺麗なツートンカラーに仕上がっていた。

「あれ、ことりも焼けたんじゃない？」

「ちゃんと帽子もかぶってたし、日焼け止めも塗ったんだけど。どこ？」

隣にしゃがんだ隼人の顔が迫ってきて、思わず体をのけ反らせた。大きな骨ばった両手が、私の頬を挟む。

「あっつ！　なんか顔赤いと思ったら、熱あるじゃん！」

「嘘でしょ？　お風呂上がりだし、火照ってるだけだよ」

「いや、これは絶対熱あるって！　ちょっと待ってろ」

「だから言っただろ」

箪笥から出した体温計を半信半疑で脇に挟む。

「えぇ……」

三十八度四分。

「早く寝る！　布団敷いてくるから、さっさと歯磨きしてきなさいっ」

「お母さん」

ぼそりと言うと、

「馬鹿なこと言っててんじゃないのよっ」

すっかりお母さんモードが発動している隼人は、ぷりぷりしながら襖を閉めた。

翌朝は、やはり体調が悪いのか寝過ごしてしまった。いつもより位置の高い太陽に飛び起き、車のエンジン音に慌てて窓を開けた。マリーさんが運転する、ほしぞら牧場の軽トラが庭から出るところだった。

「急がなきゃっ」

箪笥を開けて一番上にあったシャツとジーンズを引っ張り出していると、

「起きてるか？」

隼人が襖をノックした。

「起きてる、起きてます。ごめん、急いで着替えるから」

「は？　いや、ちょ、開けるぞ」

下ろしたパジャマのズボンを慌てて穿き直した。

「何やってんだよ。今日はいいって。ほら、布団に戻る」

隼人が手にしていたお盆には、一人用の土鍋とお茶碗、木製スプーンがあった。布団の横に置き、土鍋の蓋が開かれると、ふわっと白い湯気があふれる。

「てへへっ、玉子がゆ作ってみた」

照れくさそうにしながら、お茶碗によそってくれた。私は息を吹きかけ、唇を当てて熱さを確認してから、

「ん、んーんー」

美味しい！　飲み込むまで待てなくて、何度も頷きながら訴えた。

「旨い？」

「うん。美味しい。すっごく」

「おー、やるじゃん俺。今日はしっかり寝とけよな。任せろ」

「お店開けるの？」

「当たり前だろ。俺一人でなんとかする」

そのとき、玄関から声がした。

「食材の配達だわ。じゃ、それ食ったらそのまま置いといて。あとで片付けるから」

念を押すように、襖の隙間から顔半分を覗かせる。

「いい子で寝てるのよっ」

まだ絶賛お母さんモード発動中の隼人が、「お待たせしましたぁ」と玄関へ向かう。

卵と、柔らかなごはんがふわふわと混ざり合うおかゆを、またひと口食べた。とろ

りとした口当たりと、塩がほんのりと利いたおかゆは、とても優しい味わいだ。

「三十七度六分。また上がるのかなぁ」

体温計をケースに戻し、薄手の布団を剥いで、代わりにタオルケットをお腹にかける。ペットボトルの水を一気に体に流し込むと、全身に染みわたるのがわかる。

盛夏の太陽の、容赦ない強い日差し。縁側の風鈴の音が、微かに聞こえる。

どうしよう、全く眠くない。ぼんやりと天井の木目を眺めていると、関西弁が耳に飛び込んできた。あれは畠中さんだ。店の方はどうなっているのだろう。もうすぐお昼。声を聞く限り、いつもよりお客さんが入っているように思う。

「森野さんところの嬢ちゃんはどうした」

チョーさんだ。廊下を踏みしめる音が近付いてくる。

「ちょっと体調を崩してて。今日は休みです」

「なんや夏風邪か？　大丈夫かいな。ほら、チョーさん。ことりちゃん起こしたらあかんから部屋入ろ」

「風邪にはネギがいいよ。ネギ、ネギ」

「それは月子が食べたいだけでしょ、もう」

ツバキさんも一緒のようだ。ということは、月子さんは今、両親と三人でいるのか。

「浩二君の店って定休日増えました？　最近、よく休んでるような気がして」

隼人の声が聞こえる。

「あぁ、うん。ちょっと用事があってな――」

畠中さんの声が遠のいて、ぱたん、と居間と廊下を隔てるガラス戸が閉まった。


少し店の方が落ち着いてきたようだ。午後二時を回っている。

静かな居間から隼人の足音が聞こえる。流しの水の音、食器の音、床の軋む音、冷蔵庫の開閉音、食器棚のガラス戸が滑る音。

台所の音って、安心するな。

一人じゃない。誰かがいる。母と二人で暮らしていた頃を思い出して懐かしいような気持ちになっていると、玄関から声が聞こえてきた。内容までは聞き取れない。

足音が近付いて、襖がそっと開いた。

「ことり」

「あれ、お母さん。どうしたの」

「起きてたのね」

これ、と手にしていたビニール袋を広げてみせた。

「薬？」

「風邪薬がなくて困ってるって隼人君から連絡貰ったの。お店が忙しくて出られないからって。良かったわ、困ってるときに連絡をくれる子で。お母さん、すごく嬉しかった」

「そう……」

わざわざ母にまで言わなくて良かったのに。余計な心配をかけるだけだ。

「そりゃそうよ。遠慮されるより、頼ってくれる方が何倍も嬉しいじゃない。大事な娘だもの。隼人君、心配かけるのも良くないと思ったんですけど、ことりさんのためだからって言ってたのよ。本当は病院に連れて行きたかったみたいだけど、島の病院は休診日だから。明日になっても熱が引かなかったら、朝いちで連れて行きますって」

「大丈夫だよ。ただの風邪だもん」

「そんなのわからないでしょ、お医者さんじゃないんだし。風邪だって悪化したら大変よ。あ、プリン買ってきたの。食べられそうなもの、何か持ってきてもらえたら助かりますって言われてね」

「へぇ」

まさか、そこまで気にかけてくれていたとは。ありがたいような、申し訳ないような。

「夜勤明けとかじゃないよね？」

「今日は休みだったの。はい、スプーン。ゼリーとか飲み物とかりんごとか、隼人君に預けてるから」

母はプリンカップの蓋にスプーンをのせると、「よいしょ」と手を支えにして立ち上がる。

「じゃあ帰るね。またいつでも連絡ちょうだい。いるものがあるなら持ってくるから」

「うん、ありがとう」

部屋を出て襖を閉める間際、母が声を潜めて言った。

「隼人君、すっごく頑張ってるわよ。安心して寝てなさい」


早めに夕飯を済ませて市販薬を飲んだ。いつの間にか寝ていたらしく、目を覚ますと部屋はすっかり暗くなり、開けっ放しの窓の向こうには、満月が浮かんでいた。月光が滲んだ夜空は淡く輝き、流れゆく灰色の雲を優しく照らし出す。

リィリィリィ
庭のどこかで鳴く虫と、風鈴の音が合わさる古民家の夜。

昼間の騒がしさから一転して、しんと静まり返っていた。

隼人、もう寝たのかな。トイレと歯磨きを済ませてこよう。

日中より随分と体が楽になったように思う。今夜ゆっくり休めば、治りそうだ。居間の電気は点いている。そっとガラス戸を開けた。

「隼人」

消し忘れだろうか。居間はがらんとしていて、西郷さんの寝息が縁側から聞こえてくるだけだ。台所にもいない。水切りラックには大量の食器が立てられていた。こんなにもお客さんが来てたんだ。

「ん？」

いつの間にか踏みつけていたらしいメモ用紙を拾い上げた。よく見ると、台所のあちこちに同じものが落ちている。

「これって……」

微かに引き戸の音がして、拾ったメモをポケットに思わず突っ込んだ。

「うおっ⁉ あっ、いや、電話してて」

玄関に向かうと、隼人はまるで内緒で家を抜け出し、親の寝ている間にこっそり帰ってきた子供みたいに驚いていた。

「具合、どう？」と私の顔色を確認するように見る。

「平気。明日には治ると思う」

「良かった。小腹が空いたならりんごでも剥こうか。俺、今日一日で皮むき器の使い方、めちゃくちゃ上手くなったと思うわ」

「ううん、いい」

「そう？」

言いながら靴を脱ぐと、「ほら、部屋に戻りな」と背中を押してくる。ひらりとその手から逃れた。

「まだ歯磨きしてないの。電話誰だったの?」

「いや、別に。っていうか、うん、あー……」

「言いたくないなら、言わなくてもいいけど」

「そうじゃないよ。でも言っていいのか、判断しづらいっつーか」

「そっか。じゃあいいや」

玄関と居間を隔てるガラス戸の隙間から、西郷さんが私たちの様子を覗いていた。

「俺、まだ片付け終わってないから。西郷さん、ほらあっち戻ろう」

抱きかかえられた西郷さんのお腹と足がでろんと垂れる。この家に来てから、ますます体が大きくなっている気がする。

私は洗面所の暖簾を手で避けながら、そうだ、と振り返った。

「今日一日、大変だったんでしょ」

「いや、そーでもねぇよ。余裕余裕」

隼人が親指を立て、満面の笑みを浮かべる。

「ありがとう。明日は私もお店に立つから」

「そっか。ま、無理すんなよな」

台所に戻る隼人を見送り、洗面所へと入った。歯磨きをしながら、ポケットから出したメモを電球にかざす。

一日の流れ、料理の手順。調理器具の置き場所、一品ごとの盛り付けの絵。効率よく動くために同時進行できる作業、というメモまである。

開店前に用意して壁にでも貼り付けていたのだろう。赤ペンで大事な箇所に線を引いたり、あとから書き足したりした形跡がある。こと細かに書かれたそれには染みが付き、水に濡れて紙がよれた跡も残っていた。

料理名の下に走り書きした数字は、煮炊きの時間を忘れないためのものだろう。数字の上には済みの印が入っている。

「必死だったくせに」

口の端から漏れた言葉は、隼人が鍋を片付ける音でかき消された。

シャンシャンシャン——

窓を開けると、蝉の声が台所を満たした。夏のぬるい風に、前髪が細かく揺れる。

「よし、綺麗になったよね」

ツルムラサキの葉を表、裏と確認してザルに上げた。今朝早くに長野さんが持ってきてくれたものだ。茎から茹で、続けて葉を茹でる。

「これくらいかなぁ」

再びザルに上げ、氷水に浸けたツルムラサキを優しく両手で包み、葉を潰さないようそっと水気を切った。出汁と薄口醤油、みりんを合わせたものに漬けて冷蔵庫で冷やしておく。食べるときには鰹節をのせるのだ。つるっとさっぱり、ひんやりと美味しいお浸しは、暑い夏にぴったりだ。

ナスとピーマン、キャベツは豚肉と一緒に味噌炒めにしよう。メイン料理に味噌をたっぷり使うので、汁ものはお吸い物で良いだろう。具材はミョウガと豆腐だ。ツルムラサキのお浸しに、夏野菜のこってり味噌炒め、お吸い物。今日のメニューはこれで決まりだ。

キャベツを切っていると、朝のゴミ拾いに行っていた隼人が帰ってきた。

「あのさ」

「おかえり。長野さんがツルムラサキくれたから、これ使って……ってどうしたの？」

台所に入ってきた隼人が顔を歪ませる。

「どうもぉ。お店、開いてる〜？」

「長野さんだ」

友達を連れて来てくれたようだ。長野さんに続いて、平昌社長と丸山さんの紅茶会仲間も来てくれた。

「隼人、手伝って」

「あ、あぁ。うん」

居間に入ってきたお客さんの人数を確認し、お茶とおしぼりをお盆に用意する。

「お願いね。話、大事なこと？」

お盆を受け取った隼人が、神妙な面持ちで頷く。

「じゃあ、お店閉めてからゆっくり聞くから」

「わかった」

大急ぎでフライパンに油を引き、味噌炒め用の豚肉を投入した。

閉店時間を迎えた私はフライパンを前にして、スポンジを握りしめていた。

「あとテーブル拭くだけだから」

隼人が布巾を濡らして絞る。

「夕飯、ゴーヤチャンプルーでいい？　お吸い物の残りがあるし、ツルムラサキのお浸しもあるから、それ食べようか」

「そうだな」

今日一日ずっと心ここにあらずな隼人は、そう言って台所を出ていった。

夕飯をテーブルに並べ、向かい合わせになって手を合わせる。爽やかな味わいのミョウガのお吸い物を飲み、一日の疲れと一緒に、ほっと息をついた。

縁側で夜風に揺れる風鈴を聞きながら、ほろ苦いゴーヤチャンプルーを味わう。

「浩二君なんだけど」

唐突に話し始めた隼人が箸を置いた。

「店を辞めるって言ったんだ」

「え？　なんで」

「浩二君、子供の頃は引きこもりがちだったんだ。月子さんと出会って、誰かの居場所になれる店を持ちたいって思うようになったって。そんな浩二君を畠中さんが援助してくれて喫茶クラウンができたんだって」

「そうなんだ……。でもそれだけ大事なお店なのに、どうして？」

氷の浮かぶ麦茶のグラスに手を伸ばした。水滴が指の腹に触れる。

「病気なんだって」

一瞬時が止まったような気がした。

「生まれつきだって。最近、調子が良くないらしくて、それで通院も増えて。体を休めないといけないから定休日も増やしたって。前に倒れたのも、そのせいだったみたいだ」

「そんな、元気そうだったのに……」

テーブルには美味しい料理がたくさん並んでいるのに、その話を聞いてからは箸が進まなくなってしまった。

第十七話　夏の終わりの空に

浩二君が病気だと聞いてから、二週間が過ぎた。気もそぞろに里芋の皮を剥いていたら、包丁の刃に指が触れてひやりとした。私が動揺している場合じゃない。

今日は朝から病院で検査をして、時間があればうちに来てくれるようだ。無意識に時計を気にしてしまう私は、本当に心が弱い。下茹でを済ませた里芋をザルに上げ、行平鍋《ゆきひらなべ》に水、砂糖、醤油、みりんを入れた。

「おっ、西郷さん。それ似合うじゃん」

西郷さんが「んにゃ」と返事をした。隼人が言っているのは、西郷さんの首に巻いているスカーフのことだ。月子さんが作った新緑色のスカーフには「みんなのともだち、西郷です」と刺繍されている。

「そういえば、最近、月子さん来ないね」

「うん、まぁ……忙しいんじゃない」

はぐらかされた気がするが、鍋に浮いてきたアクをすくうことが今の私には最優先事項だ。

浩二君が店に来たのは、客足が途絶えた午後二時過ぎだ。黒縁の眼鏡が存在感を増して見えるのは、それだけ痩せたということか。

里芋を食べていた浩二君がおもむろに「あのね」と口を開いた。

「月子ちゃんに振られちゃった」

「うそ、告白したの？」

咄嗟に口元を手で覆う。浩二君が月子さんに想いを寄せていることくらい気付いていたが、行動に移すなんて思いもしなかった。

「今はやらなきゃいけないことがあるからって。見たことないくらい冷たかったな。お花見のあと、告白したらもしかしたら、なんて思ったのは勘違いだったみたい。隼人君に着てもらう服を作るの、頑張ってるんだろうね。前はあんなに積極的にデザインの仕事をしてる様子はなかったし」

鼻で笑って、インゲンの胡麻和えを箸で摘まんで食べた。

「俺は歩く広告塔なだけだって。月子さんが頑張ってるのは彼女自身がそうしたいって思ってるからだろ」

「そうかな。月子ちゃん、前から隼人君と話すとき、いつも嬉しそうにしてたし。隼人君、格好いいから、当たり前なのかもしれないけど」

「どうしたんだよ。んなわけないだろ。花見のときだって、浩二君に感謝してるって言ってたじゃん」

　すると浩二君は「どうなんだろうね」と視線を逸らしてしまう。

「……まぁ、僕は病気もあるし、最初から上手くいくわけなかったんだよ」

　ばんっ！

　味噌汁が波打った。机に押し付けた隼人の拳が怒りに震えていた。

「……だろうが」

「ちょっと、やめてよ。落ち着いて」

「そんなふうに理由を付けて、後ろばっか見て生きてるからだろうが。月子さんは前を見てるんだよ。俺じゃねぇよ。なんでわかんないんだよ」

　隼人は立ち上がり、玄関の方へと歩き出す。

「体調が悪いから、変なことばっかり考えるんだ」

　そう言うと「畑にいる」と出ていってしまった。

「はい、おつり。いつもありがとうね。傘、忘れないように」

浩二君が帰ったあと、私は商店街へ出かけた。

文具店の店主の男性が、骨と皮だけの手で、店先の錆びた傘立てを指差した。紙袋を抱えて会釈する。朝は晴れていた津久茂島は、夕方からどんよりした灰色の雲が覆っていた。傘を抜き取り右腕に引っかける。水分を含んだ空気は、むっと鼻を刺すような雨の匂いがした。

「夏……祭り」

古書店の外壁に、真新しい小さなポスターが貼られていた。

☆今年も夏祭り開催
神社の境内から見る二千発の花火は見ものだよ
開催日　九月二十日　十七時～（花火は十九時半スタート）
開催場所　風の丘地区・津久茂神社
主催　津久茂島観光協会

花火を背景にしたポスターの余白には、ツクモンが「会場で待ってるよ」と白菜を掲げてポーズを取っている。あかりちゃんに声をかけたら喜ぶかな。

喫茶クラウンのドアに下げられた休業日の木札が風に揺れる。窓は分厚いカーテンが閉め切られ、もの悲しいような雰囲気を醸し出していた。

誘ったら浩二君も来てくれるだろうか。重い足取りのまま歩いた。

遠くの空で雷鳴が鳴る。アスファルトにぽつり、ぽつりと丸い雨滴が浮かび上がった。

「最後のバスが出ちゃう」

傘を開き、紙袋を胸にバス停へと走り出した。


長い間使われていなかった実家の私の部屋が、今日はとても賑やかだ。

「可愛いっ。お姉ちゃんもすっごく可愛い。おばちゃん、ありがとう」

うふふ、とあかりちゃんが左右に体を振るたびに、赤い袖が揺れる。

「いいのよ。ほんと、よく似合うわ。月子の浴衣、捨てなくて良かった」

ツバキさんが頬に手を当ててうっとりした。

「ことりも瑠璃色の浴衣、綺麗よ。ごめんね、お母さんのお下がりで」

「ううん、充分だよ。ありがとう。すごく嬉しい」

私服で行くつもりだったが、母が浴衣を出してくれた。シンプルな瑠璃色の浴衣には、淡い銀色の金魚が数匹泳いでいる。

「月子も誘ってくれたんだってね。良かったわ、このところ仕事ばかりだったから」

「頑張ってるみたいですね。この前は西郷さんにスカーフを作ってくれていました」

「あらそうなの。ふふっ、あの店はチョーさんが平昌さんに頼んで作ってもらってね。店の看板なんてチョーさんが書いたのよ。でも月子はあんまり乗り気じゃなくてね。昨年くらいから急に頑張ってくれるようになったから喜んでるの」

ツバキさんの話を聞いて、月子さんが少し羨ましいと思った。不器用なりにも愛情を示してくれる父親。チョーさんはいいお父さんだと思う。……最初は少し怖かったけど。

あかりちゃんと一緒に家を出た。茜色の空を、紺青が侵食し始めている。津久茂神社へと連なる夏祭りの提灯の光に誘われるように、足取り軽く、浮かれる人々が列を成していた。

「……お父さん、ズルしてるでしょ」

「してない、してない。勘弁してくれよ。しっかり当たればちゃんと倒れるから」

拗ねたあかりちゃんの頬が、風船みたいに真っ赤に膨れ上がる。

「あははっ、射的は難しいからな。ほら、ヨーヨー釣り行こう」

隼人に手を引かれたあかりちゃんがその場を離れると、店番をしている戸波さんが「頼むね」と申し訳なさそうに手を合わせた。

ヨーヨー釣り、型抜き、金魚すくい、輪投げ、と屋台を回り、歩き疲れた私たちは休憩することにした。盆踊りの音頭に合わせて、あかりちゃんのヨーヨーが手のひらで弾む。

「金魚すくい上手だったね」

「へへっ、お父さんに教えてもらったんだ」

かき氷とフランクフルトを手に、神社の本殿横にある石段に腰を下ろし、華やぐ祭りの風景を眺めていた。

「冷たーい。頭がキーンってする」

あかりちゃんがこめかみを押さえながら足をじたばたさせる。

「あっ、浩二君」

隼人の視線の先に、人混みを縫うようにして歩いてくる人影が見えた。

「来てくれたんだ。体は平気なの？」

「まぁね。というか、来ないとあとが面倒そうだし」

浩二君がちらりと見ると、隼人は「そうか？」とフランクフルトを頬張った。

「みんなぁ〜」

野太く甘ったるい声を響かせるのはマリーさんだ。月子さんは無心で綿あめにかじりついている。

「二人とも浴衣じゃなあい。素敵、可愛いっ。日本人形もおったまげな愛らしさよっ」

「マリーちゃんも可愛いよ。黒い浴衣、格好良いね」

あかりちゃんが瞳を輝かせてマリーさんを見上げる。

「うふっ、ありがと。やだ、隼人君、そのフランクフルト。お、い、し、そ、う」

慌てふためく隼人に容赦なく迫ると、あーん、と大口を開けてかぶりついた。

「一本丸々食うやつがあるかーっ」

騒々しい二人をよそに、月子さんが私の隣に座った。爽やかな花のような香りがする。白地に藍色の花が咲く上品な浴衣は、女の私でも思わず息を呑む美しさだ。黒いおかっぱの髪が、白い浴衣によく映える。

「あかりちゃん、その浴衣似合ってる。良かったら、貰って」

「いいの？」

月子さんが「もちろん」と肩をすくめる。

「お洋服は、人に手を通してもらってようやく魂が宿るの。箪笥に仕舞われるより、浴衣にとっては幸せだと思うから……どうかした？」

「べ、別に」

月子さんに見惚れていた浩二君が、慌てて頭を振った。耳まで真っ赤だ。

「そうだ。浩二君にあげる」

渡された紙袋の中身を浩二君が取り出した。コバルトブルーのアロハシャツだ。あかりちゃんが「可愛いっ」と目を輝かせる。

「裏、見て」

月子さんに言われて、浩二君がアロハシャツの背中側を自分の方に向けた。私とあかりちゃんも覗き込んだ。

きっと大丈夫
その文字を囲むように、五匹の猫が輪になっていた。

西郷さんと思われる、目つきの悪い猫。黒縁眼鏡をかけた浩二君らしき猫に、耳にピアスが付いた隼人に似た黒猫もいる。ぼんやりと表情の薄い白猫は月子さんで、その隣にいる、魚を咥えておたまを手にする三毛猫は私だろうか。

「浩二君のお店、私が手伝う」

月子さんがきっぱりと言い切る。

「で、でも……」

「長時間じゃなくていいの。余った焼き菓子とかは、ことりちゃんのお店に置こうって、隼人君が言ってた」

本当に？　と視線を向けられて、私も力強く頷く。隼人からその相談をされたのは昨夜だ。委託販売という形で、うちのお客さんに買ってもらおうと提案された。

「喫茶クラウンは、みんなにとっても居場所なの」

月子さんの視線は真っ直ぐに浩二君を見つめていた。

「やらなきゃいけないことがあるって、夜中までお店にこもってたの……これのため？」

月子さんが首を傾げる。何かおかしい？　とでも言っているように。

「私がやりたくてやったことだもん」

どこかで聞いたようなセリフに、マリーさんと焼きそばの屋台に並ぶ隼人を見た。私たちの分もあるらしい。熱々の焼きそばのパックをどちらが持つかで揉めている。

「みんながいるから。大丈夫だよ」

いつになく力強い月子さんの言葉に、浩二君がゆっくりと笑顔になる。

「ありがとう。この服、すごく気に入ったよ」

その瞳の光が一瞬揺らいだのは、提灯が風に揺れたからだろうか。

薄暗い夜空の下では、わからなかった。


「あかりちゃん、マリーさんに指導してもらって、すっかりスナイパーだったな」

山道を下りながら、隼人が思い出し笑いをした。

「本当だね。すごく楽しそうだったよ。まだ当分遊んでるだろうね」

マリーさんの指導のもと、あかりちゃんは射的の景品を次々にゲットしていた。戸波さんが勘弁してくれと泣きつき、周りに子供たちがわらわらと集まってきたくらいだ。

「浩二君と月子さんも、このまま上手くいくといいな」

「まさか月子さんから一緒に回ろうなんて誘うと思ってなかったけど。随分積極的になったよね。なんか隼人みたいなこと言ってたし。やりたいことをやってるだけ、とか」

「月子さん、俺に憧れてるんだって」

「憧れ？」

隼人は「そう」と階段の最後の一段をひょいと飛び越えた。

「前向きに生きたいんだって。変わる自分を、浩二君に見せたいって言ってたよ」

「そっか。すごいね――って、ちょ、何よ⁉」

山道から外れて脇の小道を手を引かれたまま突き進む。提灯の明かりが遠ざかる。

「大丈夫、ちゃんと戻れるから。ほら、あそこ。明るくなってるだろ」

真っ暗な夜の山。木々の生い茂る視線の先が、ぽっかりと穴が空いたみたいに明るい。

穴の先は岬《みさき》になっていた。山からせり出したそこは、彼岸花の群生地のようだ。

「わぁ……」

月光を浴びて、ぼんやりと神秘的な紅色が夜の闇に静かに佇む。

秋の訪れを告げる虫の音が響いていた。

乾いた風に彼岸花が妖艶《ようえん》に揺らめく。

静謐の空間に響き渡る甲高い音。

ひゅるるるる――

音に導かれるように、隼人と同時に空を見上げた。

津久茂島の澄んだ空気に満天の星が煌《きら》めく。そこに咲く、大輪の花火。

「ねぇ、今の見た？」

「あぁ。すっげぇ綺麗だな」

夜空に光の玉が滑るように動き回る、蜂。

花火といえばこれを真っ先に思い浮かべる、菊。

地上まで届きそうなくらい、滝のように降り注ぐ、柳。

色とりどりの細かな花火が、一斉に咲き乱れる千輪菊は、息を呑む美しさだ。

「なんだか夢みたい」

こうして心穏やかに花火を見上げる日が来るなんて。

高く高く、光の玉が上がっていく。喋るのも忘れて、花火に見惚れていた。

「花火はいつか終わっちまうけどさ」

繋いだままの手から、隼人の体温が伝わる。

「俺はどこにも行かないよ」

今年の夏の終わりを彩る最後の花火が、色鮮やかに咲き誇る。

「ことりの浴衣姿、すげぇ可愛いと思う」

「そ、そうかな」

恥ずかしくて汗が滲む。逃れようとした手を、そっと握り直されてしまう。

「青い浴衣。幸せの青い鳥みたいだ」

眩しく美しい花火は、名残惜しそうに、ゆっくりと星空に滲んで消えていった。

第十八話　秋から冬へ。そして——

ことりちゃん、元気にしていますか。

島の十月はどれほど美しいだろうと想像しては、ことりちゃんの笑顔を思い出します。

先日、隼人君が手紙をくれました。お店の外観と、料理することりちゃんの後ろ姿。お客さんにお料理をお出しする笑顔のことりちゃんの写真が同封されていました。

どの写真も本当に素敵で。幸せそうなことりちゃんを見られて、安心しました。

写真は、レンズを構える人の心をも写すそうです。

隼人君がことりちゃんを大切に想う気持ちも写されている気がして、なんだか私まで幸せになりました。

体に気を付けて。

毎日を大切に過ごしてください。


ミツさんからの手紙を封筒に戻し、エプロンのポケットに仕舞った。ポストから他の郵便物を取り、家に戻ろうとすると、

「ぎゃあーっ」

いつの間にか真後ろに立っていた隼人に悲鳴を上げた。

「ぶっ、なんだよその叫び声。乙女感ゼロすぎてやべぇ」

腹を抱えて笑う隼人の足を思い切り踏んだ。朝からそんな馬鹿なやりとりをする私たちを見ている女性がいた。

「おはようございます」

綺麗なグレーヘアを撫で、上品に会釈する。

「おはようございます。良かったら召し上がっていきませんか」

隼人が声をかけると「ありがとう」と、女性はにっこり微笑んだ。

料理の準備をしている間、視線を緩やかに移動させながら部屋を見渡していた。お

もむろに縁側に座ると、両手を後ろについて天井を仰ぐ。まるで家の空気を全身で感じているみたいだ。幸せそうに目を閉じ、料理が完成した頃には、座布団を枕にして横になっていた。

「ごめんなさいね。いやねぇ、自分の家みたいに。あら、美味しそう」

いわき水産で仕入れた鰹のたたきをメインに、エリンギのバターソテー、畑で採れたカブの甘酢漬けと、椎茸のお味噌汁だ。

「とっても美味しい。旬の食材を楽しめて良いわね」

「ありがとうございます」

お盆を胸に一礼し、台所に戻ろうとした私を女性が呼び止めた。

「私、田畑っていいます」

「もしかしてこの家の……？」

田畑さんが「えぇ」と、味噌汁のお椀を手に頷いた。

「ずっと気になってたの。でも建物を見たとき、本当に嬉しかった。イロハモミジも残してくれて。お父さんもきっと、天国で喜んでると思う」

「僕たちも気に入ってるんです。秋だけじゃなく、夏も綺麗な緑で」

田畑さんは「そうよねぇ」と何度も頷く。

「大切な日々の想い出が詰まってるの。家がちゃんと生きてる。あなたたちのおかげよ」

だからね、とお椀を置く。

「この家、譲るわ。お父さんもきっと、大切にしてもらえる方が喜ぶと思うから」

ね、と首を傾げる。隼人と顔を見合わせ、彼女の想いを受け止めるように、力強く答えた。

「大切に、使わせていただきます」

お客さんが途切れ、少し休憩でもしようかと珈琲を淹れていると電話が鳴った。

「あ、隼人。電話誰から……どうしたの？」

台所に入ってきた浮かない顔に、持っていたポットをテーブルに置いた。

「秋山さんから」

秋山さんは、ミツさんの弁当屋の常連だった人だ。

「ミツさんが、亡くなったって」

不穏な空気を感じ取ったのか、台所を覗きに来た西郷さんが眉をひそめて見上げる。

エプロンのポケットから手紙を取り出した。

手紙の消印は、ミツさんが亡くなった日のものだった。

それから私たちは本州へ戻り、ミツさんの葬儀に出席した。

「老衰だったんだ。眠るように亡くなったんだろうって話だよ」

秋山さんが目頭を押さえる。祭壇に飾られたミツさんの優しい笑顔の遺影が、最後に話したミツさんの姿と重なる。もう見ることができないと思うと、あふれ出す涙を止めることはできなかった。亡くなったのは悲しいけれど、苦しまずに済んだのなら良かった。そう思うしかない。

式場の人に案内されて外に出ると、霊柩車《れいきゅうしゃ》が停まっていた。

「それでは出棺致します。ご親族の方はバスで――」

私たちはここでお別れだった。ミツさんを乗せた霊柩車が見えなくなるまで、隼人と一緒に見送った。

葬儀場を離れた私たちは、ビジネス街の公園を訪れた。かつての弁当屋にはシャッターが下ろされたままだ。

秋の黄昏時。足元の枯れ葉が、からからと音を立てて風に舞っていた。会社帰りの人たちは公園には見向きもしないまま、駅へと流れていく。

「懐かしいな」

隼人が静かに言う。

「そうだね。ここが賑やかだったなんて、嘘みたい」

少し間をおいて、隼人が「あぁ」と眩しそうに店を見上げた。

「本当、暑かったよね。ここの厨房」

「ことりはいっつも汗だくだったもんな」

「冬は極寒なんだよね」

「それは俺もじゃね？　ずっと吹きっさらしの店頭に立ってたわけだし」

「ふふっ、そうだね。でも……」

ここで始まったのだ。何もかも。

「楽しかったな」

隼人が「そうだな」とシャッターに手を当てた。私も真似をしてみた。無機質な冷たさが手のひらに伝わって、言葉にならない寂しさがこみ上げる。

「ミツさんがいたから。お弁当屋さんがあったから、私はこうしていられるんだよね」

「俺もここに来てなかったら、津久茂島に行こうなんて思わなかったんだ」

シャッターから手を離して、一歩、二歩と後ろに下がる。夕焼け空と、そびえるビル群と、そこに佇む弁当屋を視界に収めた。

「全部。全部が繋がってるんだね」

全てが幸せとは言えない人生。それでもがむしゃらに進んできた道。迷いながら選んだ選択肢の先で、私たちの人生が交わっている。それは奇跡のようで、必然のようで。そうして出会った人とは、いつか必ず別れるときが来る。

アルバイトの最後の日、しわくちゃのミツさんの笑顔が鮮明に蘇る。このシャッターを下ろす間際に見せてくれた笑顔。あの笑顔はもう、私の記憶にしかない。

林立するビルを見上げた。あの日と同じはずなのに、どこか悲しみの色を含んでいるような、違う景色だ。

「今までありがとうございました」

隼人が深々と頭を下げた。

「ことりと出会わせてくれた場所だから。ここには想い出も、ミツさんの心も残ってる」

「……そうだね」

ありがとうございました。

私に料理という生きる術《すべ》を与えてくれて、ありがとうございました。

隼人と出会わせてくれて、ありがとうございました。

公園の上を、鳩の群れが飛んでいく。

濃厚な柿色の空を、翼を銀にひらめかせながら、ビルの合間を縫うように。

どこまでも飛んでいく鳩たちの美しい姿は、空の上からも見えるだろうか。

「クラウンのお菓子じゃない。残ってるの全部ちょうだい。このあと老人会があるから、そこで配るわ」

ショーケースに残っていたフィナンシェとマフィンを箱に詰めて長野さんに手渡す。委託販売を始めてからお客さんの評判は上々だ。

「隼人君にもよろしくね」

おつりを財布に戻すと、「ごちそうさま。ごはんも美味しかったわ」と麦わら帽子を頭にのせて颯爽《さっそう》と自転車で走り去った。

すっかり紅葉したイロハモミジが、秋の夕日を透かして黄金色に輝いていた。庭の隅に咲いたコスモスの足元で気持ち良さそうにお昼寝をする西郷さん。どこからか迷い込んできた蝶々が、その鼻先に止まって、

ぶしゅんっ！

盛大にくしゃみをした。

「ことりー、釣りに行こう」

「えっ、今から？」

玄関に向かうと、裏庭で畑仕事をしていたはずの隼人が、釣り竿を車に詰め込んでいるところだった。

強引に連れてこられたのは白鷺浜だ。

「おっ、シロギスだ」

魚から針を外してクーラーボックスに入れ、再び竿を握る。十月も終わりの太陽が、水平線のすぐ傍まで下りてきていた。陽光が滲む海がきらきらと煌めく。ふわりと駆け抜ける風が、隣の隼人の香りも一緒に巻き込んだ。

海に釣り糸を垂らし、他愛のない話をした。浩二君の顔色が少し良くなったこと。月子さんは新作のシャツを作っていること。マリーさんは牧場の牛乳で新たにソフトクリーム屋を始めると報告に来てくれたこと。

そして、今日も一日、たくさんのお客さんが来てくれたこと。

「ことりの手は、ミツさんと同じだ」

「え？」

「魔法の手。みんなを幸せにできる手ってこと。それとさ」

こんなもんかな、と満足気にクーラーボックスを閉めると、釣り竿を片付け始めた。

「ことりのお母さんもだよ。いろいろ、あったんだろうけどさ。誰の手も、魔法の手。誰かを幸せにできる手。お母さんがいたから、ことりがいる。ことりがいるから……」

私から受け取った竿も片付けると、膝の砂を払った。

「俺はすげぇ幸せな毎日を送れてるってわけよ」

隼人の笑顔に、私も、そして過去の私自身も救われたような気がした。

「ありがとう。お母さんもきっと喜ぶよ」

一緒に砂浜を歩いた。白い砂に足が沈んで、一歩ずつ。転びそうになって、隼人が差し出してくれた左手に、私は躊躇うことなく自分の右手を重ねる。

「いつまでも同じでいられるわけない。ことり、前にそう言っただろ」

「え？　あぁ、うん」

唐突な話に、心がざわつく。

「確かにそうだなって思う。同じではいられない。ずっと友達ではいられないよな」

妙に強調した言い方に、見えない棘が私の心をちくりと刺した。

「俺は、ことりとは友達ではいられない」

今にも圧しつぶされそうな心に耐え切れなくなって、ぎゅっとまぶたを閉じた。

「人生まるごと、ことりと一緒にいたい」

「どういう、こと？」

思わず目を開けると、隼人の目が私を捉えた。

「じいちゃん、ばあちゃんになっても。ずっと」

「それって――」

「おねーちゃあん、おにーちゃあん」

薄暗くなった浜の向こうから、小さな影が全速力で向かってくるのが見えた。

「あかりちゃん！」

私の手を握ったまま、反対の手を大きく振った。「あ、そうだ」と隼人が足を止める。

「今度、筑前煮作ってよ」

「筑前煮？　それって隼人のおばあさんの……」

おばあさんが最後に作っていた料理だ。反抗していても、お腹を空かせて帰ってくると信じて、孫のために作っていた筑前煮。

「だから、だよ。ことりのが食べたい」

「……わかった」

隼人の笑顔に、頬が熱を帯びる。

「あっ！」

つんのめって、砂浜にダイブしたあかりちゃんのもとへ駆け寄った。

「大丈夫？」

「えへへ、びっくりしちゃった」

鼻も額も砂まみれになった顔で、恥ずかしそうに舌を出した。立ち上がらせ、小さな体に付いた砂を払う。

「お姉ちゃんとお兄ちゃん、さっき手繋いでたよね⁉」

あかりちゃんの目が、驚きと興奮で輝く。きゃっ、と小さな手で頬を挟んだ。

「なぁ、あかりちゃん。明日、弁当持ってみんなでピクニックしない？　お父さんも、島のみんなも誘ってさ」

「えっ⁉　わーっ、嬉しい！　するする！　絶対行くっ」

隼人、あかりちゃん、私と横並びになって手を繋いで歩く。

三人の影が砂浜に伸びる姿は、まるで家族みたいだと思った。

「明日も楽しみだなぁ」

隼人が噛み締めるように言う。

「そうだね」

水平線が光の帯となって弧を描く。空では綺麗な半月が笑っていた。

秋が終わり、冬が来る。やがて迎える暖かい春も、隣には隼人がいる。

いつか、今日のことを思い出す日が来るのだろうか。

何気なく振り返った私たちの後ろには、あかりちゃんが転んだ跡と、私たち三人の足跡が、確かに残されていた。

エピローグ

二度と、悪魔の手にはならないから――

かつて津久茂島に向かう船の上で、母が呟いた言葉。

「お母さん、抱っこしてあげて」

私の腕にある小さな体を、そっと母に差し出す。

恐る恐る受け取った母は、生まれたばかりの小さな命を大切そうに抱いた。

「優しいおばあちゃんで幸せだよな」

隼人がそう言って、母に抱かれた赤ん坊の頬を撫でる。

「ねぇ、お母さん」

今にも泣きだしそうな目が、私を見上げた。

「お母さんの手は、私を守り続けてくれた優しい手だよ」

窓から差す陽の光を受けて、その瞳がわずかに揺らぐ。

「ことり……」

「ことりは俺にとって幸せの青い鳥です。そんなことりを生んでくれて、育ててくれて、ありがとうございます」

隼人がそう言って、照れくさそうに笑った。

「ありがとう、隼人君。ありがとう、ことり」

涙を流す母の笑顔は、これまで見た中で一番の笑顔のように思えた。

私、幸せな未来を掴めたよ。

赤ん坊を抱く母と、昔の母の姿を重ねて、心の中で語りかける。
母が私の手を離さずに、傍にいてくれたから。
そして、隼人と出会えたから――
幼い頃には想像もしなかった今がある。
幸せの青い鳥が羽ばたく看板が目印の古民家。
ことりの台所。
これからもずっと、幸せの笑顔があふれる、みんなの居場所だ。

◉定価：770円（10%税込）　◉ISBN:978-4-434-35140-2　◉イラスト:彩田花道

女ふたり、
となり暮らし。
悩みなんて、
きみとまるっと
食べ尽くそう。
辺野夏子
Natsuko Heno
訳ありJKと
やさぐれOL、
壁一枚はさんだ
二人の
気ままな食卓。

なんとなく味気ない一人暮らしを続けてきたOLの京子《きょうこ》。ある夜、腹ペコでやさぐれながら帰宅すると、隣に住む女子高生の百合《ゆり》に呼び止められる。「あの、角煮が余っているんですけど」むしゃくしゃした勢いで一人では食べきれない材料を買ってしまったらしい。でも彼女は別に料理が好きなわけではないという。何か訳あり？　そう思いつつも角煮の誘惑には勝てず、夕飯を共にして——。クールな社会人女子と、実は激情家なJKのマリアージュが作り出す、愉快で美味な日常を召し上がれ。

女ふたり、
となり暮らし。
辺野夏子
アルファポリス文庫

定価：770円（10％税込）　ISBN：978-4-434-35143-3

イラスト：シライシユウコ

本当の家族じゃなくても、
一緒にいたい——

高校二年生の由依は、幼い頃に両親が離婚し、父親と一緒に暮らしている。だけど家庭を顧みない父親はいつも自分勝手で、ある日突然再婚すると言い出した。そのお相手は、三十二歳のキャリアウーマン・琴子。うまくやっていけるか心配した由依だったけれど、琴子は良い人で、程よい距離感で過ごせそう——と思っていたら、なんと再婚三か月で父親が失踪！　そうして由依と琴子、血の繋がらない二人の生活が始まって……。大人の事情に振り回されながらも、たくましく生きる由依。彼女が選ぶ新しい家族のかたちとは——？

定価：726円（10%税込）　ISBN978-4-434-33746-8

イラスト：細居美恵子

この作品に対する皆様のご意見・ご感想をお待ちしております。

おハガキ・お手紙は以下の宛先にお送りください。

【宛先】

〒150-6019 東京都渋谷区恵比寿 4-20-3 恵比寿ｶﾞｰﾃﾞﾝﾌﾟﾚｲｽﾀﾜｰ 19F
（株）アルファポリス　書籍感想係

メールフォームでのご意見・ご感想は右のＱＲコードから、
あるいは以下のワードで検索をかけてください。

アルファポリス　書籍の感想　検索

ご感想はこちらから

アルファポリス文庫

ことりの古民家《こみんか》ごはん
小《ちい》さな島《しま》のはじっこでお店《みせ》をはじめました

如月つばさ（きさらぎつばさ）

2025年　4月30日初版発行

編集－今井太一・宮田可南子
編集長－太田鉄平
発行者－梶本雄介
発行所－株式会社アルファポリス
〒150-6019 東京都渋谷区恵比寿4-20-3恵比寿ｶﾞｰﾃﾞﾝﾌﾟﾚｲｽﾀﾜｰ19F
TEL 03-6277-1601（営業） 03-6277-1602（編集）
URL https://www.alphapolis.co.jp/
発売元－株式会社星雲社（共同出版社・流通責任出版社）
〒112-0005 東京都文京区水道1-3-30
TEL 03-3868-3275
装丁イラスト－佳奈
装丁デザイン－AFTERGLOW
印刷－中央精版印刷株式会社

価格はカバーに表示されてあります。

落丁乱丁の場合はアルファポリスまでご連絡ください。

送料は小社負担でお取り替えします。


ISBN978-4-434-35504-2 C0193